Indian Summer

Lara Steel

Indian Summer

Roman

Lektorat: Lara Steel
Satz: Lara Steel
Umschlaggestaltung: Lara Steel

Kontakt: lara.steel.mail@gmail.com

ISBN-13: 978-1500464127

ISBN-10: 1500464120

I

„Du solltest noch keinen Kaffee trinken", tadelte Jimmy seine kleine Schwester, die wie immer in letzter Zeit sein Frühstück verschmähte und sich stattdessen offenbar besonders erwachsen fühlte, wenn sie sich an der Maschine Kaffee einschenkte. Schwarz natürlich.

Sie rollte schnaufend mit den Augen. „Ich bin kein Kind mehr, Jimmy. Die Zeiten, in denen ich aus meiner *Hello Kitty* – Tasse Kakao getrunken habe, sind schon lange vorbei."

„Schade eigentlich", murmelte er und biss in sein hastig geschmiertes Sandwich.

Seit Wochen hetzte er von einem Temin zum nächsten. Er kam kaum noch dazu eine Runde um See zu schwimmen, wie er es sonst jeden Morgen getan hatte. „In fünf Minuten bin ich soweit, dann fahr ich dich zur Schule."

„Nicht nötig. Bobby holt mich ab."

Bei der Erwähnung dieses Namens fing Jimmys rechtes Augenlid unkontrolliert an zu zucken und seine Hände wollten sich zu Fäusten ballen. Offenbar ein instinktiver Großer-Bruder-Reflex.

„Dieser Kerl gefällt mir nicht."

„Dir muss er auch nicht gefallen. Sondern mir."

„Er ist viel zu alt für dich."

„Er ist siebzehn", rechtfertigte sie sich, doch Jimmy stieß nur ein ungläubiges Lachen aus.

„Wenn der Kerl siebzehn ist, fresse ich einen Besen."

„Dann wünsche ich guten Appetit." Sarah ergriff ihre Tasche und warf sie sich über die Schulter. „Bis heute Abend."

Sie schleuderte die Haustür hinter sich ins Schloss und stieg in den ziemlich neu wirkenden Ford Mustang, den ihr Freund Bobby fuhr.

Bobby! Was war das überhaupt für ein Name? *Bobby?* Der taugte bestenfalls für einen Hamster oder ein fettes Kaninchen. Ganz sicher nicht für diesen gepiercten Kerl mit den ausgewaschenen Jeans, die ihm irgendwo an den Unterschenkeln hingen. Wenn er sich damit bückte, dann war es mit der Jugendfreiheit vorbei, das hatte Jimmy mit eigenen Augen sehen müssen. Wenn er nur daran *dachte*, dass er seine kleine Schwester begrapschte, kam ihm das Frühstück von vor fünf Tagen wieder hoch.

Seufzend stemmte er die Fäuste in die Hüften. Wenn nur seine Mutter noch leben würde …! Sie hätte gewusst, welche Schnüre man bei Sarah ziehen musste, um sie zur Vernunft zu bringen. Er allerdings war damit heillos überfordert.

Das Klingeln seines Handys riss ihn aus seinen depressiven Grübeleien.

„Ja?"

„Jimmy, wo verdammt nochmal, bleibst du? Ich komm nicht ins Restaurant. Das ist schon das dritte Mal diese Woche! Und es ist MITTWOCH!"

Jimmy riss sich schnell das Handy vom Ohr.

Seine beste, weil einzige Kellnerin Karen stand vermutlich triefend nass vor dem Restaurant und wartete darauf, dass er sie hineinließ. Er bekam aber auch wirklich gar nichts mehr auf die Reihe.

„Karen, tut mir so leid. Ich bin sofort da!"

„Ich kündige! Hast du verstanden?"

„Ja, schon klar. Bis gleich!"

Er legte auf, riss seine Jacke vom Haken und lief hinaus in den strömenden Regen, lief dann wieder zurück, suchte seine Wagenschlüssel, fand sie in einer Müslischale – Gott

allein mochte wissen, wie sie dorthin gekommen waren –
und lief wieder hinaus.

Nachdem er Karen, die ausgesehen hatte wie eine
Mischung aus nassem Hund und - dank zerlaufener
Wimperntusche - verunglücktem Clown ins Restaurant
gelassen hatte, machte er sich auf den Weg ins Krankenhaus, um seine Freundin Chelsea zu besuchen.
Chelsea hatte sich bei einem Unfall, der zuge-
gebenermaßen an Dämlichkeit kaum zu überbieten war,
die Hüfte angebrochen und musste deswegen mindestens
zwei, eher drei Wochen im Krankenhaus bleiben. In dieser
Zeit verlange sie zwei Mal täglich Besuche mit Blumen und
erzählte Jimmy jedes Mal aufs Neue, wie sehr man sie doch
in der Schule vermisste. Da sie allerdings nur Sport und
Kunst unterrichtete, hielt er diese Schilderungen für
reichlich überzogen. Die Welt würde sich auch ohne
Wasserfarben und Zirkeltraining weiterdrehen, dessen war
er sich sicher.
Was sich ohne Chelsea jedoch schwer weiterbewegte,
waren ihre gemeinsamen Pläne für ein zweites Restaurant.
Die beiden hatten sich vor etwa acht Monaten auf der
Beerdigung seiner Mutter kennengelernt. Chelsea führte
neben ihrer Tätigkeit als Lehrerin ein Catering-
unternehmen und über das Kochen und Essen waren sie
schnell ins Gespräch und sich auch so immer näher
gekommen.
Die Pläne gemeinsam ein neues Restaurant zu eröffnen,
waren schnell gereift und so steckte nun Jimmys ganzes
Erspartes und eine nicht unerhebliche Hypothek in dem
Vorhaben.
Da seine Freundin der wirtschaftliche Kopf ihres
Unternehmens war, zögerten sich viele geschäftliche und
organisatorische Dinge nun hinaus, da sie im Krankenhaus

—

9

lag. Aber es würde ja nicht mehr allzu lange dauern.

Vor dem Krankenzimmer strich er sich mit der einen Hand das Hemd glatt und drehte den Blumenstrauß in seiner anderen in eine passende Position. Dann klopfte er.

„Ja, bitte?"

Als er die Tür öffnete, hielt sich Chelsea, wie immer makellos geschminkt und frisiert mit einer Hand am Galgen über ihrem Bett fest und zeigte in die Ecke. Erst jetzt fiel ihm die etwas ratlos wirkende Reinigungskraft dort auf.

„Ich begreife nicht, wie Sie allen Ernstes annehmen können, dass ich diese Kloake dort für sauber halte. Staub und Schmutz tanzen in dieser Ecke Ringelreihe, gute Frau!"

Jimmy war es extrem peinlich, dass seine mit einem Putzfimmel ausgestattete Freundin vor ihm die arme Putzfrau zusammenstauchte.

Als sie ihn ansah, lächelte er hilflos.

„Chelsea", versuchte er sie zu begrüßen und damit gleichzeitig zu unterbrechen, doch sie hob in ihrer schulmeisterlichen Art nur die Hand.

„Warte bitte kurz, Jimmy. Ich muss das hier klären." Dann wandte sie sich wieder der dunkelhaarigen Frau mit dem Wischmobb zu. „Wenn sie diesen ganzen Dreck nicht gewissenhaft beseitigen, werde ich hier im Krankenhaus am Ende kranker, als ich es ohnehin schon bin. Ich habe nämlich eine Hausstauballergie. Wissen Sie, was das bedeutet? Wissen Sie es? Geschwollene, gerötete Augen, triefende Nase, Röcheln durch Atemnot ... Was sagen Sie dazu, hm?"

„Bestens", erklärte die Putzfrau zu Chelseas ehrlicher Verblüffung. „Dann würde ihr Äußeres wenigstens zu ihrem scheiß Charakter passen!"

Sie warf den Putzlappen auf den Boden, ließ ihn in einer bräunlichen Pfütze auf dem tristen Linoleumfußboden liegen und stürmte aus dem Zimmer.

Völlig konsterniert blinzelte Chelsea auf die Putzutensilien und sah dann zu Jimmy auf. Leider war es ihm unmöglich ein Grinsen zu unterdrücken.

„Findest du das etwa witzig?", zischte sie.

„Nur ein kleines Bisschen!"

Sie riss die Augen auf. „Also-!"

Bevor sie weitermeckern konnte, brachte er sie mit einem Kuss zum Schweigen. Ihre Lippen waren wie immer eine wohlriechende, dekadente Einladung, der er gerne folgte. Und als er von ihr abließ, war ein Großteil ihres Ärgers verraucht.

„Deine Lippen sind rau", sagte sie.

„Und das gefällt dir etwa nicht?"

Sie lachte leise. Es war beinah ein mädchenhaftes Kichern. „Es gefällt mir außerordentlich."

Als wäre das Thema damit erledigt, fuhr sie herum und zog die Schublade an ihrem Beistelltisch auf. Mit einem triumphalen Lächeln förderte sie eine elegante, kleine Mappe zutage.

„Hier sind einige Entwürfe für die Einladungskarten."

„Fürs Restaurant?"

Sie blickte ihn tadelnd an. „Für die Hochzeit natürlich!"

„Chelsea, ist das nicht noch etwas früh?"

„Um dir das Ja-Wort zu geben, ist es nie zu früh. Jimmy, ist das nicht toll? Wir sind dann nicht nur Geschäftspartner, sondern auch ein Ehepaar. Du weißt, dass mir dieser offizielle Kram eben wichtig ist."

Die Art, wie sie ihn mit großen, blauen Augen anblickte, ließ ihn weich werden. Er wollte Chelsea heiraten.

Er liebte sie.

Aber bei all dem Stress, mit dem er sich momentan herumschlagen musste, blieb ihm dafür kaum ein klarer Gedanke.

„Ich schlage dir einen Deal vor!"

Sie zog die Stirn kraus. „Einen Deal?"

„Genau. Ich nehme die Karten mit und sage dir heute Abend, welche mir am besten gefällt, und du …" Mit einem Griff in seine Jacke förderte er einen Hefter zutage. „… siehst dir die Angebote für die Restaurantküche an und sagst mir, welche gut sind und wer uns nur über den Tisch ziehen will."

„Über den Tisch ziehen wollen sie uns alle, Jimmy. Das muss dir klar sein, wenn du im Geschäftsleben bestehen willst. Und da wir nicht auf den Kopf gefallen sind, werden wir eine Kreditauskunft der Anbieter einholen. Diejenigen, die kurz vor der Insolvenz stehen, werden aus Verzweiflung das beste Angebot machen. Und wenn sie dann tatsächlich pleitegehen, wird es ewig dauern, bis der Insolvenzverwalter von uns sein Geld haben will." Sie lächelte triumphal. „Eine klassische Win-Win-Situation."

Jimmy schüttelte den Kopf. „Das gefällt mir nicht, Chelsea. Aus der Not anderer Leute Kapital zu schlagen ist nicht mein Ding."

„Aber meins. Und solange der Löwenanteil unserer Investition von mir kommt, zählt das. In Ordnung, mein Schatz?"

Es passte ihm keineswegs. Aber wenn er jetzt einen Streit anzettelte, verging nur noch mehr Zeit, die er nicht hatte. Und außerdem war es sowieso sinnlos.

„Also steht unser Deal?", fragte er stattdessen.

„Er steht."

„Gut." Er küsste sie flüchtig auf die Stirn und stand auf. „Ich muss ins Restaurant."

„Bis heute Abend."

„Ja, bis heute Abend."

„Ach, Jimmy?", rief sie ihn zurück, als er schon auf dem Weg zur Tür war.

„Ja?"

„Ich liebe Dich, Schatz."

Er lächelte. „Ich liebe Dich auch."

*

Den ganzen Tag über hatte es in Strömen geregnet und am späten Nachmittag war noch ein Gewitter hinzugekommen, das den dunkelgrauen Himmel mit gleißenden Blitzen zerriss, die die Weingläser hinter Jimmy zum Erzittern brachten.

Kein Wunder, dass das Restaurant leer war. Schließlich war *Sioux-City* ein Touristendorf und auch wenn sein Restaurant das einzige hier war, so blieb doch lieber jeder im sicheren Haus, als sich nach draußen und damit unmittelbar in Lebensgefahr zu begeben.

Außer den Kindern, die von der benachbarten Schule gekommen und wie von der Tarantel gestochen an seinen Fenstern vorbei zum Bus geflitzt waren, war keine Menschenseele auf der Straße.

Auch wenn das für den heutigen Tag schlechte Einnahmen bedeutete, so war er dennoch froh, wenigstens hier ein paar ruhige Minuten genießen zu können.

„Ich mach' jetzt Feierabend, Jimmy." Karen zog sich die Schürze über den Kopf und blickte ihn erschöpft an. Ihr Makeup hatte sich den Tag über noch nicht vom Regen erholt und sie wirkte so abgekämpft, wie er sich fühlte.

„Alles klar. Bis morgen."

„Ja, bis morgen. Und vielleicht schließt du mir ja einfach mal zur Abwechslung auf!"

„Vielleicht nimmst du dir einfach mal einen scheiß

Schirm mit!"

„Idiot!" Sie nahm sich ihre Tasche.

„Du bist gefeuert!"

„Bis morgen dann!"

„Alles klar!"

Jimmy wandte sich der Wand mit Spirituosen zu und griff nach einem Glas. Wenn das nicht genau der richtige Tag und das richtige Wetter für einen Scotch waren, dann wusste er auch nicht.

Er entschied sich für eine seiner teuersten Sorten und goss ein. Genau in dem Augenblick jedoch, als er das Glas zum Mund führte, bebte die Erde unter einem Blitz, der in unmittelbarer Nähe einschlug, und es war mit einem Mal stockfinster; beachtlich, wenn man bedachte, dass es kaum sechs Uhr abends war. Doch das Unwetter hatte seine dunkle Tinte über den ehemals blauen Himmel verteilt und ließ dem Licht keine Chance. Der Donner grollte so ohrenbetäubend, dass er zusammenzuckte.

„Verfluchte Scheiße!", zischte er und knallte sein Glas auf den Tresen.

Im gleichen Moment ging die Glocke, die jemandes Eintreffen im Restaurant ankündigte.

„Wir haben geschlossen", murrte er und schenkte der Silhouette, die sich im Türrahmen abzeichnete keine Beachtung.

„Tut mir leid", erwiderte eine Frauenstimme, „aber ich finde mich im Dorf noch nicht zurecht und bin einfach durch die nächstbeste Tür gelaufen, nachdem der Blitz gerade diese kapitale Eiche auf dem Platz zerfetzt hat."

„Tatsache?" Dann war das Gewitter verdammt nah gewesen. Kein Wunder, dass diese Touristin, die vermutlich nicht zu ihrem Hotel zurückfand, geflohen war.

„Ja. Der Baum hat zwei Autos zu Brei zerquetscht."

———

Aufgeschreckt blickte er durchs Fenster, gegen das der Regen fast waagerecht schlug.

„Ist eines davon zufällig ein roter Chevi?"

„Ich glaube nicht", kam es zögerlich aus der Dunkelheit.

„Gut. Dann kommen Sie rein. Etwa einen Meter von ihnen entfernt müsste ein Tisch sein. Gehen sie rechts daran vorbei und folgen Sie meiner Stimme, dann stehen Sie direkt vor meinem Tresen. Ich versuche hier solange wieder Licht zu bekommen."

Er bückte sich unter die Geschirrregale und öffnete das kleine Türchen des Sicherungskastens, während sich sein unfreiwilliger Gast durch hörbares Stühle– und Tischerücken allmählich zu ihm vorarbeitete.

„Brauchen Sie eine Taschenlampe?", fragte sie und hatte den Tresen offenbar erreicht. Der Regen war so laut, dass ihre Stimme davon fast ganz verschluckt wurde.

„Ja, haben Sie eine?"

„Ein Handy. Moment …" Sie zog es hervor und hatte offenbar einen kleinen Strahler darin. Er musste sich unbedingt auch so ein modernes Ding zulegen.

„Hier."

Er griff blind hinauf und nahm es. „Aha."

„Aha was?"

„Die Sicherung ist rausgeflogen. Warten Sie …" Er schickte ein Stoßgebet zum Himmel, dass es wirklich so war, und nicht etwa ein kapitaler Schaden in seinen Stromleitungen. Dann legte er den Schalter um und voilá! … es war wieder hell.

„So!" Mit einem triumphierenden Lächeln auf dem Gesicht tauchte er aus der Versenkung wieder auf.

„Das hätten w-!" Fassungslos stockte er.

Das konnte unmöglich wahr sein!

„Annabelle?"

II

Annabelle vergaß sogar für einen Moment vor Kälte zu zittern, so sehr packte sie die Überraschung.

„Jimmy?"

Ihr war natürlich klar gewesen, dass er im Reservat lebte. Aber sie hatte keine Ahnung gehabt, dass ihm das Restaurant gehörte.

Er wirkte älter, als bei ihrem letzten Aufeinandertreffen vor einem Jahr, das mochte aber auch daran liegen, dass er restlos und komplett fassungslos schien.

„Was machst du denn hier?", fragte er.

„Du meinst, außer mich beinah vom Blitz erschlagen zu lassen und vor Nässe zu triefen?"

„Äh ... ja."

Sie lächelte. Der trockene Humor war ihm offenbar nicht abhandengekommen.

„Ich arbeite in der Schule."

„Wirklich? Das ist ja toll." Er stellte ein zweites Glas neben seines und goss ihnen beiden ein.

„Ja, eigentlich sollte ich erst im nächsten Schuljahr anfangen. Aber eine der Lehrerinnen hatte wohl einen Unfall und kann den Rest des Schuljahres nicht unterrichten und deswegen ... bin ich jetzt schon hier."

Er zögerte kurz, dann entspannte sich sein Gesicht wieder zu dem breiten Lächeln, an das sie sich erinnerte und das gewiss schon einige Frauenherzen zum Schmelzen gebracht hatte. Ihres natürlich nicht.

Sie hatten sich damals nur drei Mal gesehen und Jimmy war ganz offenbar sofort verliebt in sie gewesen, was er nicht zuletzt mit einem überfallartigen Kuss zum Ausdruck gebracht hatte.

Doch Annabelles Vergangenheit sorgte dafür, dass sie die Nase vom anderen Geschlecht gestrichen voll hatte. Gelinde gesagt.

„Das ist ja ein Zufall", hörte er sich sagen und schob ihr eines der Gläser hin. „Hier. Zum Aufwärmen."

Sie hob die Hand. „Nein, vielen Dank! Ich vertrage leider keinen Alkohol."

„Bist du allergisch?"

„Nein, ich … tendiere dazu die Kontrolle zu verlieren und mich Stunden später an nichts mehr zu erinnern."

Er lachte. „Klingt spannend!"

Sie konnte nicht anders als in sein Lachen mit einzufallen. „Jimmy, wir hatten das doch schon", erklärte sie mit sanftem Tadel. „Es hat sich nichts geändert."

Beim letzten Mal hatte sie ihm wage angedeutet, warum sie absolut beziehungsunfähig war und er hatte es verstanden. Aber die Art wie er sie anblickte, wirkte, als hätte er es schon wieder vergessen.

Anstatt zu antworten, drehte er sich um, ging an einen Kühlschrank und holte eine kleine Glasflasche heraus. „Aber eine Coke darfst du trinken. Oder verbieten das deine Eltern?"

Sie lächelte ironisch. „Große Töne von einem Kerl, der noch in die Windeln gemacht hat, als ich eingeschult wurde."

„Touché." Er öffnete ihr die Flasche und beobachtete genüsslich, wie sie sie nahm und nach einem damenhaften Ansetzen gierig schluckte.

„Na, los!", sagte er, als sie die Flasche abgestellt hatte.

„Was los?"

„Ich weiß doch, wie viel Kohlensäure da drin ist!" Er zwinkerte sie an und sie konnte nicht anders als zu Lachen.

„Wenn du dir denkst, dass ich hier vor dir … aufstoße, hast du dich getäuscht."

„Schade, das wäre ein so lustiger Kontrast zu deinem schönen Gesicht."

„Jimmy", tadelte sie ihn wieder. Es war offenbar gar nicht daran zu denken, dass er aufgab.

„Du zitterst!"

„Bitte?"

„Du zitterst, merkst du das nicht? Deine Lippen sind auch schon ganz blau."

Er hatte tatsächlich Recht. „Ich bin ja auch nass bis auf die Knochen."

„Du solltest dich umziehen", befand er.

„Schwierig."

„Warum?"

„Nachdem ich heute Morgen ganz früh hierhergeflogen bin, bin ich vom Flughafen direkt in die Schule gefahren. Ich war noch gar nicht im Hotel und meine Kleider habe ich im Wagen gelassen."

„Und wo ist das Problem?"

„Es ist ein Cabrio."

Jimmy zog die Braunen in die Stirn. „Verstehe."

Wie um die Botschaft, dass ihre hiesigen Habseligkeiten genauso triefnass waren, wie sie selbst zu unterstreichen, wehte eine Regenbö gegen die Scheibe und begleitete theatralisch einen weiteren Blitz, der in der Nähe einschlug

„Ich werde mir einfach gleich Kleider kaufen."

„Ähm, … negativ."

„Warum?"

Weil du wunderschön bist, wenn du nass bist, dachte er sich, sagte aufgrund seines Beziehungsstatus stattdessen aber „Weil es zu spät ist. Die Läden haben schon zu."

„Dann vielleicht in der Hotelboutique?"

„Annabelle, du bist hier in Sioux-City, einem Indianer-Touristendorf, das Gäste besuchen, die sich keinen Urlaub in Europa leisten können."

„Das ist unfair. Unsere Kultur ist sehr interessant."

„Sei es, wie es sei. Eine Hotelboutique existiert nicht." Er sog die Luft tief in die Lungen. „Ich sehe daher nur eine Möglichkeit."

„Und welche?"

„Du kommst zu mir."

Sie schüttelte den Kopf. Unfassbar, dass er es schon wieder versuchte. „Auf gar keinen Fall."

„Es ist nicht, wie du denkst."

„Sagte die Schlange zum Kaninchen."

„Ich wohne doch nicht allein zuhause."

„Also sind deine Mutter und deine Schwester auch da?"

Jimmys Gesicht verlor so schlagartig das Lächeln, dass Annabelle unmittelbar Schlimmes ahnte.

„Meine Mutter ist tot."

Sie schlug eine Hand vor den Mund. „Oh Gott, Jimmy. Tut mir leid. Ich bin so ein Trampel." Mitfühlend griff sie nach seiner Hand und drückte sie. „Ich wusste das wirklich nicht. Mein herzliches Beileid."

„Danke." Unweigerlich fiel sein Blick auf ihre Hände. Ihre schlanken Finger auf seinen. Ein Anblick, der ihm besser gefiel, als er zugeben wollte. Er war schließlich ein Mann in festen Händen. Hände, die er Annabelle gegenüber aber noch nicht erwähnt hatte.

„Es ist fast zehn Monate her. Sie ... hatte einen Herzinfarkt."

„Tut mir so leid, Jimmy. Wirklich."

Er gab ein hilfloses Achselzucken von sich. „Der größte Teil der Trauer ist etwas abgeklungen. Aber mit Sarah fertigzuwerden ist eine echte Herausforderung. Keine Ahnung, wie Mum das all die Jahre fertiggebracht hat."

„Sie war eben eine starke Frau."

Ein wehmütiges Lächeln huschte über sein Gesicht. „Ja, allerdings."

„Also lebst du jetzt mit Sarah zusammen?"

„Ja, nachdem ich das Haus neu aufgebaut hatte, hat sie eine eigene Einliegerwohnung bekommen."

„Oh, wie schön."

„Ach, ich weiß nicht. Wenn ich mir den Kerl ansehe, mit dem sie um die Häuser zieht, denke ich mir, dass das ein Fehler war."

„Sie ist eben ein Teenager und muss ihre eigenen Erfahrungen machen."

„So wie du das sagst, klingt das gar nicht bedenklich."

„Das ist es auch nicht, wenn es in geordneten Bahnen verläuft. Also ..." Sie griff demonstrativ an die Ecke ihrer Bluse und wrang sie aus. „... werde ich jetzt nochmals eingeladen, oder ...?"

„Klar!" Jimmy sprang begeistert in die Höhe. „Wir fahren. Komm!"

*

Während er die Straße zu seinem Haus hinauf durch die dichten Wälder fuhr, die sich bereits in den schillerndsten Farben zu zeigen begannen und nun im Sturm eine tödliche Bedrohung darstellten, kreisten Jimmys Gedanken um etwas ganz anderes.

Er überlegte nämlich, ob es irgendwie moralisch verwerflich war, dass er Annabelle zu sich nach Hause brachte, damit sie sich nackt auszog.

Es war natürlich klar, dass es primär darum ging, dass sie frische Kleider bekam. Im Prinzip half er einer armen Frau, die er von früher kannte; machte ihr das Ankommen in der alten, neuen Heimat etwas angenehmer und beschützte sie vor Sturm und Gewitter, aber trotzdem ... blieb in seinem Kopf die Quintessenz all dessen, dass sie in weniger als zehn Minuten nackt in seinem Badezimmer sitzen würde.

Unweigerlich musste er an Chelsea denken. Er liebte seine Chelsea. Seine zukünftige Frau. Und nur, dass er sie Annabelle gegenüber nicht erwähnt hatte, bedeutete nicht, dass er sie verschwieg. Er war eben nur nicht in der Stimmung für Geschichten gewesen. Kein Grund sich schuldig zu fühlen, dachte er und fühlte sich dabei ... schuldig.

„Ein Wunder, dass die Straße noch frei ist", bemerkte Annabelle und riss ihn damit aus seinen Grübeleien. Ihm war gar nicht aufgefallen, dass sie fast schon an seinem Haus angekommen waren.

„Ja", antwortete er und versuchte sich ein wenig zu sammeln. Die Anwesenheit von Annabelle, deren Kleider dünn und durchsichtig an ihrem schlanken, schönen Körper klebten, war nicht unbedingt hilfreich dabei. „Jetzt hoffe ich nur, dass die Bäume und der Blitz mein Haus verschont haben."

Das war, Gott sei Dank, der Fall.

Gott sei Dank schon allein deswegen, weil Annabelle unbedingt aus diesen nassen, kalten und auf widerlichste Art an ihrem Körper klebenden Klamotten raus musste. Beinah bedauerte sie es, dass sie Jimmy hierher begleitete. Sie wollte ihm keine falschen Hoffnungen machen, doch nachdem er vom Tod seiner Mutter erzählt hatte, war es ihr so schwer gefallen, ihn abzuweisen. Und es war nur ein Besuch bei einem Bekannten und dessen kleiner Schwester. Also alles im grünen Bereich.

Jimmys Haus lag auf einer Lichtung, umgeben von wunderschön gefärbten Eichen und Buchen, die sich allerdings bedenklich im Sturm bogen. Es war ganz aus Holz gebaut mit einer Veranda, die rund um das Haus herumzuführen schien. Es war idyllisch und wunderschön; kein Vergleich zu New York.

Aber deswegen war sie ja schließlich auch von dort weggegangen.

„Das ist toll", sagte sie. „Es ist ein wunderschönes Haus."

Jimmy freute sich ehrlich über ihr Kompliment und bedankte sich. Er war mit dem Wagen so nah an die Veranda gefahren, wie es nur irgend möglich war. Auf ein Regenloch zu warten machte keinen Sinn, also riss er die Tür auf und lief auf die Veranda, in der sicheren Annahme, dass Annabelle ihm folgen würde. Was sie auch tat.

„Okay", sagte er und blickte an sich hinab.

Drei Sekunden im Regen und er war fast genauso nass wie sie. „Jetzt können wir uns beide umziehen."

„Wenn du mir jetzt vorschlägst, dass wir das zusammen tun sollen, kannst du mich direkt wieder ins Dorf fahren."

Er schüttelte in gespielter Ungläubigkeit den Kopf. „Was du für Gedanken hast ..."

Jimmys Haus war gemütlich, warm und offen gestaltet. In den großzügigen Wohnraum mit Kamin reichte eine ausladende Küche mit großer Kochinsel, deren Ausstattung man leicht ansah, dass ihr Besitzer Koch war. Es war nicht unordentlich, wie Annabelle es erwartet hatte. Sie fühlte sich sofort wohl, wenn auch etwas befangen.

„Hier hinten ist das Badezimmer", rief Jimmy und winkte Annabelle hinter sich her. Sie folgte ihm und beobachtete, wie er seine triefnasse Jacke auszog und in einen Wäscheschacht beförderte. Dann knöpfte er sich das Hemd auf, zog den Bund aus seinen Jeans und in dem Moment, wo er es über seine massigen Schultern gleiten lassen wollte, erstarrte er.

„Oh", sagte er und drehte sich um. „Tut mir leid. Macht der Gewohnheit."

Sein Oberkörper war wohlgeformt, mit einer breiten Brust und einem flachen Bauch, unter dem sich die

Muskeln abzeichneten. Ein dünner Haarstreifen verlief von seiner Brust hinab und verschwand in seinem Hosenbund. Annabelle blinzelte und hoffte, dass sie ihn nicht angestarrt hatte.

„Kein Problem." Sie räusperte sich und strengte ein Lächeln an. „Es ist schließlich dein Haus."

Er griff schnell nach einem trockenen Hemd und zog es sich über. „Du kannst bestimmt ein paar Sachen von Sarah anziehen."

„Ist sie denn hier?"

„Sie, ... ob sie ... Gute Frage." Vor lauter Annabelle hatte er Sarah ganz vergessen. Er zog das Telefon aus seiner Jeans und sah aufs Display.

Eine neue Nachricht. *Wehe, wenn sie ...*

Als er die Nachricht las, bemerkte Annabelle, wie sich sein Blick verfinsterte. „Stimmt etwas nicht?"

„Das kannst du laut sagen. Sie hat doch nicht tatsächlich die Frechheit mir per SMS mitzuteilen, dass sie bei Bobby übernachtet."

Annabelle zog die Stirn kraus. „Bobby? Wer ist das? Ihr Zwerghamster?"

Jimmy grinste breit. „Deshalb mag ich dich so, Anni. Du denkst in geordneten Bahnen. Leider jedoch ist Bobby ihr angeblich 17jähriger Freund mit dem neuen Auto, dem schiefen Grinsen und der Hand am Hintern meiner kleinen Schwester."

Oha! „Verstehe. Aber bei dem Wetter wird es wahrscheinlich gar nicht verkehrt sein, wenn sie an Ort und Stelle bleibt."

„Sie sind aber zusammen! Allein! Womöglich nackt."

„Das sagt der Kerl, der sich grade vor mir auszieht! Und hier passiert ja schließlich auch nichts."

„Ja, aber ich bin auch ein Gentleman", erklärte er grimmig.

„Was soll das heißen?"

„Dass das der Grund ist, warum du noch angezogen bist und dich nicht vor Lust keuchend zwischen mir und dem Fußboden windest."

Annabelle riss so derartig die Augen auf, dass sie ihr fast aus den Höhlen hüpften. *„Wie bitte?"*

Jimmy winkte ab. „Tut mir leid. Das mit Sarah macht mich stocksauer." Er griff in einen Kleiderstapel. „Wäre es in Ordnung, wenn du dir eines meiner Hemden vorübergehend anziehst? Ich hab auch irgendwo noch eine frische Pyjamahose, die ich dir geben kann. Und dann stecke ich solange deine Kleider in den Trockner."

Mit diesen Worten stürmte er aus dem Badezimmer und ließ Annabelle mit den unwillkommenen, aber unwillkürlichen Bildern in ihrem Kopf und einem nach Lavendel riechenden hellblauen Hemd im Badezimmer zurück.

Ganz offenbar waren Jimmys Gedanken um sie nicht ganz so verspielt, wie er sie in seinen Äußerungen verpackte. Sie waren vielmehr ... handfest.

Handfest genug jedenfalls, dass sie daran dachte, wann sie sich das letzte Mal unter irgendjemandem auf dem Boden gewunden hatte. Und mit wem.

Während sie sich die nassen Kleider auszog, überlief sie eine neue Gänsehaut. Und das lag weniger an der Kälte, als vielmehr an der Erinnerung an Gary. Ihr wurde regelrecht schlecht dabei. Mal ganz davon abgesehen, dass sie sich nie mit ihm auf dem Boden befunden hatte. Jedenfalls nicht absichtlich. Oder gar nackt.

Sie verbot sich den Gedanken an ihn, schlüpfte in Jimmys Hemd, das ihr fast bis zu den Kniekehlen reichte und ging aus dem Badezimmer.

Jimmy hatte gehofft, dass ihm das Entfachen des Feuers ein wenig Ruhe schenken würde, wenn er sich nur fest

24

genug vorstellte, dass er statt einem Haufen Reisig den hässlichen Schädel von Bobby …

„Mir wurde da noch eine Pyjamahose versprochen."

Der Anblick von Annabelle, die in seinem Hemd – und nur darin – in seinem Wohnzimmer stand, wischte sämtliche vernünftige Gedanken aus seinem Hirn und ließ niedere Instinkte in ihm aufbrüllen, von deren Existenz er bis zu diesem Moment nichts gewusst hatte.

Sie war einfach traumhaft schön. Die tintenschwarzen Haare, die ihr in feuchten Strähnen über die Schulter fielen, das herzförmige Gesicht mit den hohen Wangenknochen und einladend vollen Lippen, die braunen Augen, deren Farbe beinah unwirklich intensiv war, und nicht zuletzt die Kontur ihres schlanken Körpers unter dem dünnen Baumwollstoff, legte sämtliche Gehirnwindungen zugunsten seiner aufsteigenden Erregung lahm.

„Jimmy?"

„Hm? Was?"

„Pyjamahose", wiederholte Annabelle. „Ich hätte gerne ein bisschen Stoff am Südpol, wenn du verstehst."

Unweigerlich musste er lachen. „Tut mir leid. Ich hole sie dir."

Annabelle lächelte ihn etwas unschlüssig an, als er aufstand und davon ging. Sie stellte sich vor den Kamin und hielt ihre zitternden, klammen Finger vor die Flammen, während draußen das Gewitter tobte.

„Starrst du mir auf den Hintern?", fragte sie, als seine Schritte plötzlich viel zu früh verklangen.

„Ähm … nein. Ich wollte nach dem Feuer sehen, als mein Blick von deiner Rückseite abgelenkt wurde."

„Also starrst du mir doch auf den Hintern."

„Naja." Er gab ein Achselzucken von sich. „Irgendwie schon."

„Pyjama!"

„Kommt sofort!"

Er lief ins Schlafzimmer, zog eine seiner Pyjamahosen hervor, roch sicherheitshalber daran und lief zurück ins Wohnzimmer.

„Et voilá!" Er streckte ihr die Hose entgegen und grinste, als hätte er gerade ein Mammut erlegt.

„Vielen Dank!"

Er nickte und grinste dabei noch immer.

„Äh, Jimmy?"

„Ja?"

„Könntest du dich eine Sekunde umdrehen?"

„Was? Oh! Sicher!" Als er ihr den Rücken zukehrte, versuchte er sich nicht vorzustellen, wie Annabelle unter seinem Hemd aussah. Er scheiterte kläglich.

„Alles klar."

Er drehte sich wieder zu ihr und fand sie in seinen Kleidern einfach hinreißend. „Du siehst hinreißend aus."

Hallo?! Gab es zwischen seinem Hirn und seinem Mund denn überhaupt keinen Filter mehr?

„Vielen Dank!"

Als sein Blick auf den Haufen Reisig fiel, der im Kamin zischend und knisternd in Flammen aufging, kam ihm Bobby wieder in den Sinn, und schon war es vorbei mit seiner guten Laune.

Annabelle sah ihm seine Gedanken förmlich an. „So schlimm wird es schon nicht sein", versuchte sie ihn zu beruhigen.

„Ach, nein?" Er wollte eigentlich gar nicht so sauer klingen. „Das kommt ganz auf die Definition des Wortes *schlimm* an."

Mit einem Achselzucken ließ sich Annabelle auf die weiche Couch nieder.

„Wenn ein Kerl beispielsweise versucht seine Frau und ihre ganze Familie umzubringen, um an das Geld seines

Schwagers zu kommen. *Das* ist schlimm!"

„Großer Gott!" Jimmy lachte. „Das ist nicht schlimm. Das ist ein kapitaler Super Gau!"

Als Annabelle nur die Hände ineinander rieb, fiel es ihm wie Schuppen von den Augen.

„Ach, du meine Güte! Das war keine hypothetische Schilderung. Hab' ich Recht?"

Sie ließ das Kinn auf die Brust sinken und fragte sich, warum zum Teufel sie ihm das überhaupt erzählte.

„Leider nicht", gab sie zu.

Oh, Mann!

„Oh, Mann! Und ich belästige dich mit meinen dummen Sprüchen."

„Kein Problem." Sie sah lächelnd auf. „Deine dummen Sprüche tun mir irgendwie ganz gut."

„Das trifft sich hervorragend. Ich hab nämlich einen schier unerschöpflichen Vorrat davon."

Wieder brachte er sie zum Lachen. Auch wenn sie nicht so recht wagte, ihm ins Gesicht zu sehen.

Sie hatte das noch nie jemandem erzählt. Noch nie. Und jetzt kam es ihr einfach so über die Lippen. Und es fühlte sich noch nicht einmal schlecht an es endlich auszusprechen.

„Mal im Ernst, das ist so grauenhaft, dass mir gar nichts Vernünftiges einfällt, was ich dazu sagen könnte."

„Das brauchst du auch nicht. Ich wollte dir einfach nur sagen, dass Bobby wahrscheinlich gar kein so übler Kerl ist, wenn sich deine Schwester für ihn entschieden hat."

Nun sah sie doch auf und erschrak beinah, als sie die ehrliche Anteilnahme in seinem Gesicht erkannte. „Und außerdem weißt du jetzt auch, warum ich beziehungsunfähig bin."

Ja, dachte er sich, *wenn es einen Grund gab sich auf niemanden mehr einlassen zu können, dann war das bestimmt nicht der schlechteste.*

„Nur der Vollständigkeit halber", sagte er und schwor sich, dass er das nur sagte, um sie ein wenig aufzumuntern, „schließt diese Beziehungsunfähigkeit auch … Sex unter Freunden mit ein?"

Sie lächelte und antwortete nicht.

„Wenn du nichts sagst, und noch nicht einmal rot wirst … ist das dann ein *Ja*?"

„Nein."

„Ist es ein Nein, oder sagst du nur: nein, es ist kein ja. Denn wenn es nur letzteres ist, könnte es auch ein vielleicht sein." Diese Überlegungen waren rein hypothetische Gedankenspiele.

Sie schüttelte amüsiert den Kopf und hatte plötzlich das Gefühl, dass ihr diese Art das ganze letzte Jahr über gefehlt hatte.

„Es ist weder ein vielleicht, noch ist es ein ja. Es ist ein nein. Ein nein zu Freundschaftssex."

„Findest du das nicht etwas arg kategorisch?"

„Ich bin Lehrerin. Wenn die Kinder keine klaren Ansagen bekommen, tanzen sie einem auf der Nase herum."

Er hob in gespielter Empörung die Hände. „Da du jetzt anfängst mich mit pickeligen Zwölfjährigen zu vergleichen …" Mit einem Ruck stand er auf und ging an einen Schrank. Als er zurückkam, war Annabelle ehrlich verblüfft über das, was er in der Hand hielt.

„Ein Schachbrett?"

„Nicht irgendein Schachbrett." Er stellte das Brett vor ihr auf dem Tisch ab und verschränkte triumphierend die breiten Arme vor der Brust. „Erkennst du sie nicht?"

Natürlich erkannte sie Annabelle, es war die Partie, die sie bei ihrem letzten Zusammentreffen hatten abbrechen müssen.

28

Damals hatte sie nur knapp einen Unfall überlebt und Jimmy hatte sie versucht mit einer Partie Schach abzulenken.

„Du hast sie nachgebaut?"

Er setzte sich ihr gegenüber und wirkte fast verlegen. „Ja, sofort, nachdem ich wieder hier war."

„Jimmy, das ist über ein Jahr her. Warum hast du das getan?"

Mit einem Achselzucken sah er zu ihr auf. Die Miene des ewigen Pausenclowns war ehrlicher Zuneigung gewichen.

„Ich hatte gehofft, dass wir eines Tages dazu kommen, sie zu Ende zu spielen."

Wow! Damit hatte sie nicht gerechnet. Sie versuchte sich nicht anmerken zu lassen, dass sie beeindruckt, vielleicht sogar ein wenig verwirrt war, und überdeckte ihre Gefühle mit einem gütigen Kopfschütteln.

„Du bist fast Schachmatt", erinnerte sie ihn.

Doch er lächelte nur. „Ich habe es dir schon einmal gesagt: Aufgeben … ist keine Option."

III

Jimmys Nerv tötender Klingelton ließ ihn aufschrecken. Er versuchte sich zu orientieren und fiel beinah von der Couch, als er Annabelle erblickte, die zusammengerollt vor dem Kamin lag. In der Hand hielt sie noch immer die schwarze Dame, mit der sie ihn matt gesetzt hatte.

Er steckte sich sein Handy unters Hemd, um den Klingelton zu dämpfen, sprang in die Höhe und lief aus dem Raum. Dann hob er ab.

„Hallo?"

„*Warum bist du nicht gekommen?*" Chelseas Stimme war schrill und dass sie beleidigt war, konnte man nicht überhören. Jimmy kniff die Augen zusammen. Er hatte ja völlig vergessen, dass er sie noch hatte besuchen wollen am vorigen Abend.

Was sollte er ihr sagen? Entschuldige, ich hab eine alte Bekannte in meinen Kleidern auf der Couch übernachten lassen?

„Der Sturm!" Seine Rettung. „Der Sturm war so brachial, Chelsea, da habe ich mich nicht mehr losgetraut."

„*Aber du hättest doch anrufen können!*"

„Ich kam irgendwie nicht dazu." Sein Blick fiel auf das dunkle Kuvert, das sie ihm gegeben hatte. „Die Karten. Ich hatte den Abend damit verbracht sie durchzusehen und bin dabei wohl eingenickt." Er hielt sich die freie Hand an die Schläfe. Er war ein erbärmlicher Lügner und würde in der Hölle schmoren, soviel stand fest. Dass Chelsea ihm die Lüge abkaufte, schürte diese Gewissheit noch.

„*Und hast du schon einen Favoriten?*", fragte sie hoffnungsvoll.

„Äh… zwei sogar. Ich wollte dir die Wahl überlassen."

Fegefeuer, ich komme!

„*Schön. Das freut mich. Sehen wir uns gleich?*"

„Wenn die Straßen frei genug sind, komme ich sofort rüber."

„Bis gleich dann, mein Schatz."

„Ja, bis gleich."

Jimmy klappte das Handy zu und schlug sich mit der Hand gegen die Stirn.

„Alles in Ordnung?"

Er schreckte zusammen, als er Annabelles Stimme fast direkt an seinem Ohr hörte. „Was? Oh, ja ... klar."

„Gut."

Als sein Blick auf sie fiel, wallte eine unerhörte Erregung in ihm auf. Ihr etwas zerzaustes schwarzes Haar, die Wange gerötet, auf der sie gelegen hatte, und die Rundung ihrer Brust, die sich am Ausschnitt seines etwas verrutschten Hemdes abzeichnete. Er seufzte tief. Er durfte sie nicht ansehen. *Einfach nicht ansehen, dann würde er das schon hinbekommen.*

„Ich wollte dir noch für deine Hilfe und die Schachpartie danken. Wenn es okay ist, gehe ich grade ins Bad und ziehe deine Sachen aus."

Und nicht hinhören! Einfach nicht hinhören!!

„Klar. Ich meine ... Sehr gern geschehen." *Konzentration!*

„Mir hat es auch viel Spaß gemacht."

„Bringst du mich nachher runter in die Schule?"

„Eigentlich wollte ich dich im Keller gefangen halten und gefügig machen."

„Mach mir lieber einen Kaffee!"

Er hob den Zeigefinger. „Kommt sofort!"

*

„Ach, du meine Güte!" Annabelle stieg aus Jimmys Wagen und starrte offenen Mundes auf die Schule. Einer der Gebäudeflügel war von einer Eiche zerquetscht worden wie ein Kartenhaus.

Jimmy trat mit einem imponierten Pfiff neben sie. „Schätze, der Unterricht fällt heute aus."

Die Rektorin, Megan LongWater, eine schlanke Frau in den Vierzigern mit Lippen, die vom Zusammenkneifen schon ganz schmal geworden waren, eilte auf die beiden zu.

„Guten Morgen, Jimmy. – Miss Stetson!" Sie warf theatralisch die Arme in die Luft. „Die komplette Turnhalle ist zerstört worden. Die Feuerwehr kommt sobald sie die Straßen frei geräumt hat."

„Es sieht schrecklich aus", gab Annabelle zu. „Ist denn irgendjemandem etwas passiert?"

„Nein, gottlob nicht! Aber der Turnunterricht fällt aus und wir werden nachher erst einmal alle Kräfte investieren, um die Aufräumarbeiten voranzutreiben. Die Feuerwehr wird sich ja wohl nur um das Gröbste kümmern."

Wenn man in den strahlenden Sonnenschein blickte und das sanfte Lüftchen auf der Haut spürte, das an diesem Morgen wehte, konnte man sich kaum vorstellen, dass es vor ein paar Stunden noch ausgesehen hatte, als würde die Welt untergehen.

„Sie können selbstverständlich auf meine Hilfe zählen."

„Vielen Dank. Jimmy, wenn du Zeit hast … wir können jede starke Hand brauchen, die wir kriegen können."

„Klar. Wenn heute Nachmittag nicht viel los ist, mache ich den Laden zu und komme euch helfen."

„Vielen Dank!" Sie stürmte zurück zur Schule und rief wahllos Anweisungen durch die Gegend.

Annabelle wandte sich Jimmy zu. „Sieht aus, als wäre mein Arbeitsplatz von der bösen Hexe des Nordens eingesackt worden."

Nun musste er lachen.

„Allerdings. Ich muss rüber ins Restaurant. Wenn du Hunger kriegst, ... dann koche ich dir etwas."

„Gratis?"

„Keineswegs."

Sie zwinkerte und ging Richtung Schule.

„Ach, und vergiss nicht ..."

„Was?"

„Immer schön auf dem gelben Weg bleiben, Dorothy!"

Mit einem ironischen 50er-Jahre-Knicks ließ sie ihn stehen.

*

Die fremde Schule wirkte auf Annabelle nun, da die Hälfte davon ausradiert war und sich der überwiegende Großteil der Belegschaft im Ausnahmezustand befand, noch fremder. Die einzigen, die das alles weniger für eine Katastrophe als vielmehr für einen gigantischen Abenteuerspielplatz hielten, waren die Kinder. Annabelle hatte eine zweite Klasse, die sie betreute, und jedes einzelne der Kinder war ihr sofort ans Herz gewachsen.

Zwar hatte sie in New York auch eine Grundschulklasse unterrichtet, aber hier war alles anders. Je länger sie von hier fort gewesen war, desto klarer war ihr geworden, dass das ihre Heimat war. Das Reservat. Die endlosen Wälder North Carolinas mit ihren traumhaften Farben. Nirgendwo war der Indian Summer so beeindruckend und farbenprächtig, wie hier.

Es war die richtige Entscheidung gewesen die Stadt hinter sich zu lassen. Und auch, wenn sie von Männern nichts mehr wissen wollte, so taten ihr Jimmys Avancen und seine liebevolle Hartnäckigkeit gut. Dass er ein Bild von einem Mann war, schadete dabei nicht.

„Miss Stetson?"

Annabelle blickte hinab zu dem kleinen Mädchen, dessen Zöpfe ihr bis zum Bund ihrer rosa Jeans reichten. „Ja?"

„Ich habe alle Äste dort drüben aufgesammelt und in den Anhänger geworfen."

„Sehr gut."

„Kann ich jetzt aufs Dach und meinem Dad helfen?"

„Oh, nein, Kleines. Dort oben ist es zu gefährlich."

Allgemeines, enttäuschtes Stöhnen war zu hören.

„Aber wenn ihr Lust habt, dann gehen wir morgen früh an den See und sammeln Treibholz. Nach so einem Sturm gibt es viel davon und wir sehen, wer die schönste Wurzel finden kann. Was haltet ihr davon?"

Der einstimmige Chor, der euphorisch „Ja" brüllte, zauberte ihr ein Lächeln ins Gesicht.

*

„Nur weil du keine Schule hast, heißt das nicht, dass du bis zum jüngsten Tag bei Bobby rumhängen kannst!" Jimmy tigerte hinter dem Tresen auf und ab und konnte seine Stimme nur schwerlich im Zaum halten.

„Du hast mir gar nichts zu sagen! Du bist nicht Mum!"

„Deine Schläge unter die Gürtellinie kannst du dir sparen, Sarah. Ich will, dass du hier spätestens um ein Uhr mittags aufschlägst. Das ist in zwanzig Minuten. Und wenn du es nicht tust, dann hast du Hausarrest bis die scheiß Hölle zufriert!"

Ohne eine Antwort abzuwarten, warf er das Telefon auf die Spüle und schnaufte hörbar. Dieses Kind konnte einen fürwahr zur Weißglut bringen.

„Störe ich?" Annabelle stand plötzlich an der Tür und betrachtete Jimmy eingehend. Die Sache mit seiner kleinen Schwester schien ihm wirklich an die Nieren zu gehen.

Als er sie erblickte, hellte sich sein Blick auf.

„Nein, natürlich nicht. Komm rein.“

Annabelle setzte sich vor ihn an den Tresen und verschränkte die Arme darauf.

„Und? Wie war dein zweiter Arbeitstag?“, fragte er und deckte vor ihr für ein Mittagessen Teller und Besteck ein.

„Schön. Die Kinder sind toll.“ Sie zeigte lächelnd nach draußen, wo der Schulbus eine Horde Erstklässler abholte. „Sie haben so viel Freude am Lernen; sind so enthusiastisch und offen.“

„Anders als die Kinder in New York?“

„Ja, irgendwie schon.“ Sie lächelte. „Man spürt hier die Natur in den Kindern, die Freiheit.“

„Meine Erfahrung mit Kindern beschränkt sich auf eine pubertierende Halbstarke, die mir auf der Nase herumtanzt.“

Annabelle lächelte gütig. „So schlimm?“

„Schlimmer.“ Er stellte ihr einen Eintopf hin, bei dessen aufsteigendem Duft ihr buchstäblich das Wasser im Munde zusammenlief.

„Das riecht ja herrlich“, schwärmte sie, was ihn sichtlich freute.

„Und es schmeckt noch besser.“

Er hatte tatsächlich Recht. Der Eintopf hatte einen würzigen, herzhaften Geschmack. Die Rindfleisch-Stückchen darin waren butterzart, das Gemüse hatte noch biss und schmeckte frisch und aromatisch.

„Das ist richtig lecker, Jimmy.“

Er grinste. „Ich habe viele Talente.“

„Ja, das wette ich.“

Plötzlich ging ihr Handy. Hastig zog Annabelle es aus der Tasche.

„Hallo?“

„*Miss Stetson, LongWater hier. Könnten Sie womöglich kurzfristig für eine Kollegin einspringen?*“

„Sicher." Auf Jimmys fragenden Blick antwortet mit einem lautlosen *Schule*. „Wann brauchen Sie mich?"

„Im Prinzip sofort. Ich habe hier 28 Neunjährige, die gelinde gesagt außer Kontrolle geraten, wenn hier nicht bald jemand auftaucht, der sie bändigt."

Annabelle lächelte. „Ich komme sofort." Sie legte auf und warf einen bedauernden Blick auf ihren Eintopf. „Ich muss in die Schule."

„Nur noch ein Löffel", beharrte er. „Ein Löffel für Onkel Jimmy."

Sie nahm brav den Löffel und tauchte ihn in den duftenden Eintopf, blies einmal darauf und steckte sich dann das Essen in den Mund. Es schmeckte so großartig, dass sie noch einen weiteren Löffel nahm. Und noch einen. Bevor der Teller nicht halbleer war, konnte sie sich nicht überwinden aufzustehen. Worüber sich Jimmy besonders freute.

„Jetzt muss ich aber", sagte sie schließlich und eiste sich los.

„Sehen wir uns nachher?", rief ihr Jimmy nach.

Annabelle drehte sich im Gehen kurz um. „Vielleicht", rief sie zurück und lief aus der Tür.

Dabei stieß sie beinah mit einem Mädchen zusammen, bei dem sie sich flüchtig entschuldigte, und eilte dann weiter zur Schule.

Kaum war Annabelle aus dem Restaurant verschwunden, tauchte Sarah auf. Mit einem genervten Gesichtsausdruck, Kaugummi kauend schlängelte sie sich durch die Tische.

„Ach was!" Jimmy verzog voller ironischer Überraschung das Gesicht. „Ihre königliche Hoheit, meine Schwester, beehrt uns mit ihrer Anwesenheit!"

Sie rollte mit den Augen, warf ihren Rucksack auf den Tresen und sah mit provozierender Gleichgültigkeit zu ihm auf. Unweigerlich musste er sich fragen, ob er auch jemals so verdammt unausstehlich gewesen war.

„Was gibt's zu essen?", fragte sie.

Er beugte sich nach vorne und verschränkte die Arme. „Jetzt hör mir mal gut zu, Sarah. Ich habe für vieles Verständnis, ich sage dir nicht, wann du die Zähne putzen, oder die Hausaufgaben machen sollst, ich beschränke dich nicht mit diesem Bobby oder mit deinen Freunden. Aber wenn du nicht einmal ansatzweise dazu in der Lage bist, mir den Respekt entgegenzubringen, den man verdammt nochmal jedem Menschen entgegenzubringen hat, dann kann ich auch ganz anders."

Sie blickte ihm starr in die Augen und musste doch wissen, dass das ein Messen war, das sie nur verlieren konnte. Und tatsächlich seufzte sie resigniert.

„Tut mir leid", sagte sie.

Jimmy stellte ihr eine Coke-Flasche vor die Nase und nickte. „Schon okay."

Als sie danach griff, musste sie die Flasche sofort mit schmerzverzerrtem Gesicht wieder abstellen und nahm sie mit der linken Hand.

Jimmy zog die Stirn kraus. „Was ist mit deiner Hand?"

„Gar nichts", antwortete sie.

„Du kannst nicht mal ein Colafläschchen halten und willst mir weismachen, es wäre nichts?" Skeptisch blickte er sie an. „Streck den Arm aus!"

„Jimmy …"

„Na, mach schon!"

Mit einem genervten Schnaufen streckte sie den Arm von sich. Jimmy schob ihren Ärmel nach oben und sah dass ihr Handgelenk blau angelaufen war. „Was ist das denn?"

„Ich würde sagen ein blauer Fleck."

„Wenn dieser Bobby damit etwas zu tun hat, breche ich ihm sämtliche Knochen im Leib."

„Bleib mal ganz ruhig", verlangte Sarah und zog ihren Arm zurück.

„Hat er etwas damit zu tun?"

„Ja! Er hat mich nämlich weggezogen, nachdem mich ein vom Sturm abgerissenes Straßenschild schier erschlagen hätte. Und so hat es nur mein Handgelenk erwischt."

Er betrachtete sie forschend. „Bist du dir da sicher?"

Sie runzelte die Stirn. „Du meinst, ob ich mich noch an gestern Abend erinnern kann? Ich bin keine 80 und Alzheimer habe ich auch nicht."

„Ja, schon gut. Von mir aus!" Er zeigte hinter sich. „Da ist noch ein Eintopf."

Mit einem Grinsen, das seine Wut schlagartig fortwischte, lief sie hinter die Theke und hielt mit einem genießerischen Seufzen die Nase über den Suppentopf.

*

Die Sonne tauchte die Frühe des nächsten Morgens in ein klares Licht, das die schillernden Farben der Wälder zum Strahlen brachte, das Laub flüstern und die Wogen glitzern ließ.

Die Kinder, die um Annabelle herumtanzten, waren mit Gummistiefeln und zwei großen Weidenkörben bewaffnet und gewillt jede halbwegs interessant wirkende Wurzel aus dem See zu ziehen.

„Also", sagte Annabelle und wandte sich der Kinderschar zu, die sie mit vielen dunklen, neugierigen Augen anblickte. „Hier sind die Regeln: alle gehen nur so weit ins Wasser, wie es die Gummistiefel erlauben. Es werden *nur* Wurzeln und Holzstücke gesammelt und es werden *keine* Steine geworfen. Niemand wird geschubst. Sollte ich doch jemanden dabei erwischen, darf er nicht mehr weitersammeln. Habt ihr alles verstanden?"

„Ja, Miss Stetson", kam es im Chor und Annabelle entließ die kichernde Meute mit einem Nicken ans Ufer. Sie selbst suchte sich einen Findling und setzte sich. Von hier aus hatte sie die Kinder gut im Blick und konnte gleichzeitig etwas entspannen und die Sonne genießen.

Es war ein herrlicher Morgen und am besten daran gefiel ihr, dass er so still war. Es gab keinen Verkehrslärm, keine Horden gelber Taxis, keine Junkies an den Straßenecken und es war absolut bedenkenlos, wenn man ohne Pfefferspray in der Tasche aus dem Haus ging.

Ihr Blick schweifte über die sanften Wogen des Sees. Jäh wurden diese von etwas unterbrochen. Sie sprang auf und wollte schon die Kinder warnen, da begriff sie endlich, was sie dort sah.

Ein Mann nutzte offenbar die frühe Morgenstunde und drehte einige Runden im See. Und es war nicht irgendein Mann. Es war Jimmy. Er bewegte sich schnurstracks aufs Ufer zu. Und er war nackt!

„Äh, Kinder, kommt doch mal zu mir!"

„Aber wir sammeln die Wurzeln auf, Miss Stetson."

„Miss Stetson, ich habe eine Hose gefunden!", rief ein Junge und hielt eine Jeans in die Höhe, die auf einem Fels gelegen hatte.

„Ja, das kann ich mir vorstellen", murmelte sie.

Mittlerweile hatte auch Jimmy bemerkt, dass er Gesellschaft hatte.

„Bleib bloß im Wasser", rief ihm Annabelle zu, wandte sich dann dem Jungen zu. „Brandon, gib mir die Jeans."

„Ist da ein Mann im Wasser, Miss Stetson?", fragte ein Mädchen.

„Ja, allerdings." Der Junge gab ihr die Jeans und sie streifte sich die Schuhe ab und raffte ihr dünnes Sommerkleid bis zu den Oberschenkeln, bevor sie schließlich ins Wasser ging.

„Sollen wir Ihnen helfen, Miss Stetson?", kam es von einem der Mädchen.

„Nein! Ihr bleibt genau da, wo ihr seid! Genau … *da*!"

Sie wandte sich wieder Jimmy zu, der im knietiefen Wasser hockte und auf Annabelle wartete, die ihn erbost anfunkelte. Seine Schultern waren braungebrannt und breit. Die Wassertropfen darauf glitzerten im Sonnenlicht.

„Morgen, Anni!" Er lächelte etwas verlegen. „Du lässt aber auch nichts unversucht, um mich nackt zu sehen."

Als sie ihn erreichte, funkelte sie grimmig auf ihn herab. Ihr Kleid war durchnässt und sie gab es auf, sich gegen das Wasser zu schützen. Der Stoff klebte ihr an den Schenkeln und ihre Miene war düster, als sie Jimmy seine Jeans entgegenstreckte.

„Ich wäre dir dankbar, wenn du deine Hose anziehen könntest. Gerne auch etwas plötzlich. Und warum zum Teufel, hast du keine Badehose an, wie normale Menschen?"

„Die engt mich irgendwie so ein."

„Großer Gott!"

„So genau hast du hingesehen?" Er grinste und sie musste sich schwer zurückhalten, um ihn nicht im knöcheltiefen Wasser zu ertränken.

Er nahm die Jeans und sie drehte sich um.

„Kann ich mich an dir festhalten?"

„Denk' nicht mal dran."

„Ich könnte das Gleichgewicht verlieren."

„Jimmy, verdammt. Ich habe eine Horde 8jährige da draußen und es wäre mir wirklich recht, wenn sie dich nicht im Adamskostüm sehen würden zu so früher Stunde. Also zieh die Hose an und halt die Klappe."

„Bist du sauer auf mich?"

„Nein. Mach jetzt."

Sie hörte Plätschern hinter sich und konnte seinen nackten Körper regelrecht spüren. Ein Prickeln strömte durch sie hindurch, das sie niemals erwartet hatte, und plötzlich musste sie sich mit aller Kraft davon abhalten, sich zu ihm umzudrehen.

„Bist du nicht neugierig?", fragte er und stieg dem Geräusch nach zu urteilen in eines seiner nassen Hosenbeine.

„Nicht im Geringsten!", gab sie zurück und ärgerte sich besonders darüber, dass er den Nagel auf den Kopf getroffen hatte.

„Meinetwegen kannst du dich ruhig umdrehen. Ich meine -"

Sie kochte. „Weißt du was?" Mit einer fließenden Bewegung wandte sie sich zu ihm um und blickte ihm direkt in die Augen. Die Überraschung, die darin stand, war ihr die größte Genugtuung, die es auf diesem Planeten gab.

„Denkst du", fragte sie leise und kam ihm mit dem Gesicht ganz nahe, „dass ich Angst davor habe, dich nackt zu sehen?" Sie legte ihre Hände auf seine breite Brust und ließ die Finger an ihm hinabgleiten, bis sie auf seinen Hüften zu Liegen kamen.

Dann sah sie an ihm hinunter und musste nun wiederum aufpassen, dass *ihr* die Überraschung nicht zu sehr ins Gesicht geschrieben stand, denn seine Erregung war nicht zu übersehen. Sie war buchstäblich ... beachtlich.

Annabelle schluckte trocken und versuchte sich zu sammeln. Eigentlich hatte sie ihn mit dieser Aktion etwas ärgern und provozieren wollen. Dabei war aber keineswegs geplant gewesen, dass ihr Schoß vehement pochte und ihr der Puls in den Ohren rauschte.

„Du ... freust dich mich zu sehen?", fragte sie und hoffte, mit einem einigermaßen gefassten Blick wieder aufsehen zu können.

Sein Gesicht war hart und ernst. Und schön. „Bei Gott, Anni, du hast großes Glück, dass diese Bande da am Ufer steht. Sonst -"

„Sonst was?"

Er ließ die Jeans ins Wasser fallen, griff mit beiden Händen nach ihrem Gesicht und küsste sie.

Annabelle wollte sich von ihm losreißen, doch das Wort Vernunft war plötzlich eine sinnfreie Vokabel in ihrem Kopf. Ihr Körper wurde weich und ihre Lippen öffneten sich ihm. Es war wie der erste und einzige Kuss, den er ihr vor über einem Jahr gegeben hatte. Er war überraschend, intensiv und ... dominant.

Er war eine köstliche Versuchung, der man sich nur zu bereitwillig ergab.

Ehe ihn sein Verstand endgültig verließ, löste er sich von Annabelle.

„Sonst *das*!", erklärte er schlicht und brauchte augenscheinlich genauso lange wie sie, um sich auch nur annähernd zu sammeln.

„Tu das ... nie wieder", sagte sie leise und wurde das Gefühl nicht los, dass man ihrem Tonfall nach das *nie* jederzeit durch *sofort* hätte ersetzen können.

„Miss Stetson!", rief eines der Kinder. „Tut Ihnen der Mann weh? Ich kann sonst meinen Dad holen, der hilft Ihnen!"

Annabelle musste sich räuspern. „Nein, Brandon. Alles in Ordnung. Ich komme sofort raus zu euch!" Sie wandte sich wieder Jimmy zu. Ihr Ärger war einer aufwühlenden Verlegenheit gewichen. Die Erregung pochte hart durch ihren Körper und die Oberfläche, die sie im Zaum hielt war so zerbrechlich, dass ein Fingerschnippen genügt hätte, um sie zum Einsturz zu bringen.

„Du solltest dich ... anziehen."

„Tut mir leid. Das geht so nicht."

Er nickte an sich hinab und Annabelle verstand, ohne dass sie hinsah.

„Verstehe. Dann … bleib einfach im Wasser bis … es besser ist."

Tolle Wortwahl, dachte sie sich und drückte Jimmy an den Schultern wieder ins Wasser, so dass sein Unterleib nicht mehr zu sehen war.

„Kinder", rief sie ans Ufer. „Wir gehen erst noch einmal in die Schule, bevor wir weitersammeln."

Allgemeines Protestieren.

„Keine Widerrede! Ich bin nass. Ich ziehe mich um, und spendiere euch in der Zeit ein Eis. Wie klingt das?"

Sie konzentrierte sich auf das begeisterte Ja-Geschrei der Kinder und versuchte so Jimmys Anwesenheit hinter sich zu ignorieren, während sie mit ausgebreiteten Armen über die spitzen Steine ans Ufer balancierte.

Jimmy verschränkte die Arme über der Brust, während er im Wasser hockte und Annabelle nachstarrte.

Es gab Lust. Es gab Erregung. Und es gab den galoppierenden Wahnsinn, der von seinem Körper Besitz ergriff, wenn er Annabelle küsste.

Etwas an ihr ließ ihn rasen, brachte sein Blut zum Kochen, saugte die Selbstbeherrschung aus ihm heraus, bis er die Zurückhaltung verlor und sich dem ergab, wonach sein Körper aufschrie.

Es war knapp. Haarscharf. Wenn diese gaffenden Kinder nicht am Ufer gewesen wären, würde er womöglich genau in diesem Moment seine Verlobte in den eisigen Fluten mit Annabelle betrügen. Allein die Vorstellung schickte wilde Bilder ihres sich aufbäumenden Körpers in seinen Kopf, pflanzte ihm das Geräusch ihres Aufkeuchens ins Ohr, wenn er in sie eindrang, ließ ihn ihre Hände auf seinem

Rücken spürten, wenn sie sich hilflos vor Lust an ihn krallte.

Er schüttelte den Kopf. All diese Dinge waren dem Abklingen seiner Erregung keinesfalls zuträglich. Da konnte das Wasser so kalt sein, wie es mochte. Und außerdem hatte er schon eine Frau. Eine Frau, der er sich versprochen hatte. Die er heiraten wollte. Mit der zusammen er sich eine Existenz aufzubauen im Begriff war. Alles gute, vernünftige Dinge, die … richtig waren.

Und nur weil Annabelle hier auftauchte, sich zu einer guten, witzigen Freundin entwickelte, die zufällig einen Körper, wie eine griechische Göttin hatte, war das kein Grund Kopf und Beherrschung zu verlieren.

Und um sich das selbst zu beweisen, beschloss er Annabelle von Chelsea zu erzählen, gleich heute Abend auf dem Helferfest der Schule. Auf neutralem Boden und zu fortgeschrittener Stunde. Ja, so würde er es machen.

IV

Als Annabelle vor der Schule ihr Auto parkte, ausstieg und Richtung Pausenhof ging, auf dem bunte Lampions und Livemusik für beste Stimmung sorgen wollten, war ihre Laune auf dem Tiefpunkt.

Ihr toter Mann Gary, den Gott hoffentlich alles andere als selig hatte, schaffte es auch nach allem, was er ihr angetan hatte, ihr Leben zu beherrschen. Sie musste sich einfach von der Vorstellung zu lösen, dass alle Männer miese Schweine waren, die logen und betrogen und stets nur auf ihren eigenen Vorteil aus waren.

Wer weiß, was zwischen ihr und Jimmy passiert wäre, wenn ihr nicht die Schatten ihrer Vergangenheit die Beine zusammen getackert hätten. Obwohl sich die Formulierung in ihrem Kopf etwas drastisch anhörte, war es doch genauso.

Seit fast zwei Jahren hatte sie keinen Mann mehr angesehen und keinem die Chance gegeben zu zeigen, dass er es ehrlich mit ihr meinte. Es war zum Verzweifeln!

„Miss Stetson!" Die Rektorin winkte ihr freudig zu und kam ihr durch die Menge der Feiernden entgegen.

„Miss LongWater, guten Abend." Sie zeigte auf die geschmückten Tische. „Was für ein wundervolles Fest."

„Oh, vielen Dank."

„Ich finde die Idee großartig so etwas für diejenigen zu organisieren, die bei den Aufräumarbeiten geholfen haben."

„Aber das ist doch das Mindeste." Sie hakte sich bei Annabelle unter und zog sie zu einem der Stände. „Kommen Sie. Meine Schwester steht an der Bar. Sie mischt uns einen ihrer Spezialcocktails. Er heißt *DirtyMind*."

Ihr Kichern verriet Annabelle, dass die Rektorin wohl schon den einen oder anderen davon vernichtet hatte.

„Ich trinke eigentlich keinen Alkohol", erklärte sie wage.

„Warum denn das?"

„Ich ..." Eigentlich wollte sie sagen, dass sie ihn nicht gut vertrug. Aber vielleicht war das ja genau das Richtige: sich einfach einmal etwas zu gönnen und ausgelassen zu feiern. Ja, das klang sehr verlockend. „Wissen Sie was? Ich probiere einen!"

Miss LongWater freute sich und riss den Arm in die Höhe, so dass ihre Schwester sie sah. „Zwei Mal Spezial, Maura!"

Mit einem Zwinkern griff die Barkeeperin nach den Gläsern. „Kommt sofort!"

*

Als Jimmy auf dem Schulgelände ankam, war seine Laune auf dem Gefrierpunkt. Chelsea hatte ihn bis zur drohenden Ohnmacht mit Hochzeitstorten-Probeessen auf dem Krankenzimmer – per Lieferservice des Konditors – gemästet und Sarah war schon wieder nicht auffindbar.

Obwohl ihm der Sinn ganz und gar nicht nach Feiern stand, war das ja heute auch ausnahmsweise nicht der Sinn der Übung. Er würde Annabelle von Chelsea erzählen, klarstellen, dass er falsche Signale gesendet hatte, sich entschuldigen und um eine Freundschaft bitten – die ihm schockierenderweise extrem wichtig war – und danach Sarah erwürgen, sobald sie nach Hause kam. Ja, das war ein guter Plan.

Jimmy lächelte. Er fühlte sich aufgeräumt und erwachsen und nichts würde ihn heute mehr aus der Fassung bringen können!

„Komm schnell, Jimmy", rief Bob von der Tankstelle, während er an ihm vorbei Richtung Schulhof lief, „ich habe gerade eine SMS gekriegt. Die scharfe, neue Turnlehrerin strippt auf der Bühne!"

„*Was?!* – Du spinnst doch!"

Bob legte einen beachtlichen Sprint hin. „Sieh' es dir selbst an, Mann!"

Dann verschwand er in der Menschenmenge.

Jimmy wusste natürlich, dass das totaler Blödsinn war. Allerdings ... war Annabelle die neue Turnlehrerin. Und im Hintergrund lief Joe Cockers *You can leave your hat on*, also ... schadete es sicher nicht, wenn er zumindest etwas flotter ging.

Oder lief! Ja, er würde einfach laufen. Und zwar so schnell wie möglich!

Als die Menge geschlossen in eine Richtung gaffte, wurde er endgültig panisch.

Sie würde doch nicht ernsthaft ...

Er sah zur Bühne auf und erstarrte.

„Ach, du Scheiße!"

Der Anblick traf ihn wie ein Schlag.

Annabelle, mit einem lasziven Lächeln, barfuß, tanzte um einen Fremden herum, der auf der Bühne auf einem Stuhl saß und dessen Miene irgendetwas zwischen Schock und Verzückung ausdrückte.

Sie ging vor ihm in die Knie, schlich auf allen vieren auf ihn zu, tauchte zwischen seinen Beinen wieder auf, nahm seine Hände und legte sie auf ihre Hüften, dann riss sie sich wieder von ihm los, tanzte ein paar Schritte und öffnete weitere Knöpfe ihres Kleides, so dass schon viel zu viel von ihrem BH zu sehen war.

Die überwiegend männliche Masse grölte begeistert, als sie sich die Spange aus dem Haar riss und sich die schwarze Seide, die ihr Haar war, in einem verlockenden

Strom über ihre Schultern ergoss.

Wut und Eifersucht rollten innerhalb von Sekundenbruchteilen so mächtig durch Jimmys Venen, dass er diejenigen, die vor ihm standen, beiseite stieß und auf die Bühne sprang. Annabelle sah ihn gar nicht kommen, so dass er sich kurzerhand sämtliche Diskussionen sparte.

Er packte sie an den Oberschenkeln und schulterte sie. Während sie protestierend auf seinen Hintern eintrommelte, schrie die Menge vor Begeisterung.

„Wohin bringst du mich, starker Mann?" Annabelles Oberkörper wippte bei jedem Schritt ohne Spannung gegen seinen Rücken und schürte seine Wut.

Er ging schnurstracks vom Schulgelände weg Richtung See.

Es wurde Zeit, dass die Gute ein wenig ausnüchterte.

Als er ins Wasser marschierte, wurden ihre Unterschenkel nass. Sie kreischte auf vor Begeisterung.

„Ahoi, Seemann", lallte sie.

„Na, warte …", murmelte er und als sie tief genug waren, packte Jimmy ihre Hüften, warf den Oberkörper nach vorne und schleuderte sie förmlich ins Wasser.

Mit einiger Genugtuung beobachtete er, wie Annabelle unter der Wasseroberfläche verschwand und eine Sekunde später wild rudernd wieder auftauchte. Ihr Kleid klebte als zweite Haut an ihrem Körper und erlaubte ihm wirklich jede Kontur genauestens zu studieren, während sie sich den schwarzen Haarvorhang aus dem Gesicht schob und japsend nach Luft schnappte. Sie rieb sich das Wasser aus den Augen und blinzelte schon deutlich nüchterner wirkend Jimmy an.

„Was, zum Teufel …?" Bevor sie den Satz beenden konnte, verlor sie auf den unebenen Steinen offenbar das Gleichgewicht und fiel noch einmal rücklings ins Wasser.

„Das geschieht dir ganz Recht!", rief Jimmy, was dämlich

war, weil sie ihn unter Wasser gar nicht hören konnte. Er wartete zwei Sekunden. Dann wurde er unruhig. Noch fünf Sekunden.

Niemand konnte in hüfthohem Wasser ertrinken. Es sei denn, … derjenige war betrunken.

„Anni?" Er stürzte zu der Stelle, wo sie gerade noch gewesen war, genau in dem Moment, da sie wieder auftauchte.

Sie sprang ihm förmlich in die Arme, blickte ihn aus ihren tiefbraunen Augen an, während kleine Tröpfchen an den Spitzen ihre Wimpern aufgereiht waren wie gläserne Perlen.

„Annabelle, ich weiß wirklich nicht, was du dir dabei gedacht -"

Auf einmal verschlossen ihre Lippen seinen Mund und ihre Schenkel schlangen sich um seine Taille. Ihr ganzer schlanker Körper schmiegte sich an ihn und wand sich um ihn herum. Es geschah alles so plötzlich und intensiv, dass ihm buchstäblich die Luft wegblieb.

Kurz ließ sie von ihm ab. „Ich habe gar nicht nachgedacht, hörst du? Ich wollte einmal nicht grübeln und einfach leben. Und es fühlt sich herrlich an."

„Das wirst du anders sehen, wenn du morgen -"

Küssen war ein absolut wirkungsvolles Mittel, um ihn zum Schweigen zu bringen. Und diesmal war er nicht so überrumpelt, sondern spürte sie intensiv an sich. Ihre Hüften pressten sich fest gegen ihn, forderten ihn mit kreisenden Bewegungen auf zu wer weiß was.

„Zieh' dich aus, Jimmy", flüsterte sie.

Er verschluckte sich beinah an seinem eigenen Atem. „Du weißt ja nicht, was du sagst, Anni. Du willst das nicht wirklich."

„Und ob ich das will." Sie griff in sein Haar und blickte ihn fest an. Ihr Lächeln war das Verführerischste, was es auf dieser Welt geben konnte. „Ich weiß ganz genau, was ich will. Ich will …" Sie legte die Lippen an sein Ohr und flüsterte ihm etwas hinein.

Er riss die Augen auf. „Heilige Mutter Gottes!"

Kichernd begann sie sein Hemd aufzuknöpfen. „Ich wusste, dass dir das gefallen würde!"

„Ich bringe dich jetzt nach Hause", erklärte er tapfer, während sie über seine Brust züngelte und ihre Hand tiefer wanderte. Bevor er sich ganz vergaß, griff er nach ihrem Handgelenk. „Hast du verstanden, Anni?"

Sie zog beleidigt die Unterlippe hoch und salutierte etwas schwammig. „Aye, aye, Sir."

Halb verzweifelt packte er sie am Arm und schob sie zum Ufer. An seinem Wagen angekommen pflanzte er sie auf die Rückbank und schnallte sie an.

„Und beweg dich ja nicht von der Stelle", befahl er.

„Ja, ist ja gut."

Zu seiner Beruhigung klang sie schon wieder eine Spur nüchterner. Während der Fahrt zu seinem Haus schlief sie ein und wachte auch dann nicht auf, wenn sein alter Chevi etwas ungelenk über in den Weg ragende Wurzeln hüpfte.

Der Anblick, den sie bot, machte es ihm auch jetzt schwer klare Gedanken zu fassen. Er wusste nicht, ob er ein Desaster erlebt hatte, eine peinliche Katastrophe oder einen lustvollen Ausblick auf Annabelles Hemmungslosigkeit, der sich unter gar keinen Umständen jemals wiederholen dürfte.

Als er einen Moment zu lange in den Rückspiegel sah, erwischte er einen Ast, der ihm mit einem energischen Peitschenhieb den Rückspiegel abriss. Annabelle schreckte aus ihrem Schlaf und blinzelte irritiert.

„Wo bin ich?" Sie hielt sich den Kopf und sah dann an sich hinab, befühlte ihr nasses Kleid und erinnerte sich dunkel. „Oh. Jetzt weiß ich es wieder."

„Du bist betrunken", sagte Jimmy. „Ich fahre dich nach Hause und du ziehst dich trocken an."

„Ich bin nicht mehr betrunken."

„Glaub mir, du bist vielleicht nicht mehr ganz unten. Aber nüchtern bist du keinesfalls. Du ziehst dich trocken an und ich koche einen starken Kaffee. Dann wird das wieder."

Sie kaute auf ihrer Unterlippe und fühlte ein diffuses Schwirren im Kopf. Möglicherweise war sie etwas beschwipst und auch wenn sie sich nicht mehr genau an das erinnerte, was vor der Autofahrt geschehen war, konnte es wohl nicht so schlimm gewesen sein.

„Endstation", erklärte Jimmy. „Alles aussteigen."

Er half ihr vom Rücksitz und schob sie zur Haustür.

„Mir ist echt kalt."

„Kann ich mir gut vorstellen. Mir ist auch nicht gerade warm."

„Warum bin ich eigentlich immer nass, wenn ich zu deinem Haus komme?"

„Wenn du davon abgesehen hättest vor der kompletten Lehrerschaft zu strippen, wärst du wahrscheinlich noch trocken."

Etwas schwankend kam sie zum Stehen.

„*Wie bitte?*", fragte sie und konnte nicht verhindern, dass ihre Stimme schrill wurde.

Jimmy nahm sie ungeduldig am Ellbogen und half ihr die Stufen hinauf zur Veranda, stellte sie kurz neben der Tür ab, während er aufschloss und brachte sie dann nach drinnen.

„Kann ich dich ins Bad bringen, damit du dich dort umziehst, ohne zu riskieren, dass du hinfällst und dir an einer Kante den Schädel spaltest?"

Annabelle verzog das Gesicht und fühlte sich schon allein aufgrund seiner mürrischen Stimme direkt ausgenüchtert. „Natürlich", erklärte sie. „Ich bin ja schließlich nicht betrunken!"

Jimmy rollte mit den Augen und schob sie ins Badezimmer.

„Da ist der Stapel mit den Hemden. Such dir eines aus. Hose besorg ich dir gleich, du kennst das ja schon." Er breitete hilflos die Arme aus. „Ich muss jetzt selbst erstmal aus den ekligen Klamotten raus."

Nachdem er die Tür hinter ihr geschlossen hatte, setzte sich Annabelle auf den Rand der Badewanne und atmete tief durch. Da sie sich nicht im Detail an die vergangenen Stunden erinnerte, war es wahrscheinlich, dass sie Alkohol getrunken hatte. Ob Jimmy sie wirklich zum Ausnüchtern ins Wasser befördert hatte, oder ob das nur eine Art Wachtraum gewesen war, wusste sie nicht. Da es draußen aber nicht regnete und sie vor Nässe triefte, war es nicht allzu unwahrscheinlich. Sie stand wieder auf und stellte sich vor den Spiegel, wusch sich den Mund aus und frottierte sich die Haare mit dem erstbesten Handtuch, das ihr zwischen die Finger kam. Dann zog sie sich aus und schlüpfte in eines von Jimmys Hemden. Als sie es sich zuknöpfte, schoss eine Erinnerung in ihren Kopf, die sie regelrecht erstarren ließ.

Hatte sie wirklich Jimmy im Wasser so unmissverständlich angemacht? Wenn das der Fall war, war seine Zurückhaltung mehr als beachtlich. Und trotzdem, oder gerade deswegen: wenn sie in sich hineinhorchte, passte ihr das gar nicht.

Mit einem tiefen Atemzug sah sie noch einmal in den Spiegel und bereute es beinah, dass sie schon wieder so nüchtern war. Dennoch fasste sie sich ein Herz.

Jimmy pfefferte seine klatschnassen Sachen in den Wäscheschacht und schimpfte dabei vor sich hin.

—

Soviel also zu seinem Vorhaben, ab jetzt alles in geordneten Bahnen verlaufen zu lassen. Diesen Plan hatte Annabelle mit ihrer Stripnummer ja gründlich verhagelt.

Er zog sich ein frisches Unterhemd an und stieg in trockene Hosen, als es plötzlich an der Tür klopfte.

„Ich bin sofort -" Als er sich umdrehte kamen ihm spontan der Gesichtsausdruck und die Fähigkeit sich in seiner Muttersprache auszudrücken abhanden.

Annabelle stand im Türrahmen und trug sein Hemd. Allerdings ...

„Anni?", fragte er heiser. „Du hast vergessen das Hemd zuzuknöpfen."

Sie antwortete ihm nicht, sondern trat ins Schlafzimmer, kam schnurstracks auf ihn zu und streifte sich das Hemd auf halbem Weg kurzerhand über die Schultern hinab.

„Und jetzt ...", er schluckte trocken, „ist es dir runtergefallen."

Ohne ihre Schritte zu verlangsamen trat sie vor ihn, splitterfasernackt mit tiefschwarzem Haar und dunkelbraunen Augen, schloss ihre Arme um seinen Nacken, stellte sich auf die Zehenspitzen und küsste ihn.

Durch Jimmys Körper fuhr ein köstlicher Stromstoß, während er tapfer die Hände von sich streckte, um Annabelle nicht zu berühren. Als sie ihn zum Bett drängte, nahm er sie doch bei den Schultern und löste sich von ihr.

„Anni, du bist betrunken."

„Ich bin nicht betrunken", flüsterte sie an seinem Ohr, biss ihm in den Nacken, während sie sein Unterhemd aus dem Hosenbund zog. „Ich bin bestenfalls etwas gelockert. Und tue, was ich schon die ganze Zeit tun wollte."

Sie wollte es schon die ganze Zeit tun?

Er spürte, wie sie sein Unterhemd nach oben schob und hob in einer instinktiven Bewegung die Arme, so dass sein Oberkörper eine Sekunde später nackt war.

———

53

„Anni", startete er noch einen tapferen Versuch, „morgen wirst du mich hassen, wenn wir jetzt nicht sofort aufhören."

„Warum sollte ich?"

„Weil ich ..., ich ...!" Ihre Finger waren züngelnde Flammen auf seiner kalten Haut und ihre Lippen ... Gott höchstpersönlich musste diesen Mund geschaffen haben. Als sie ihn wiederum küsste, bröckelte seine Selbstbeherrschung.

„Ich bin auch nur ein Mann", sagte er zwischen zwei Küssen, spürte unerklärlicherweise ihren unteren Rücken und dann die feste Rundung ihres Pos unter seinen Fingern.

„Das steht außer Frage."

Wenn sie nur noch ein bisschen betrunken geklungen hätte, dann wäre es ihm womöglich gelungen sich ihr zu entziehen. Aber so wie sie jetzt vor ihm stand, eine überirdische Schönheit, die ihn in diesem Moment offenbar genauso heftig wollte, wie er sie ...

Es wäre vermutlich leichter gewesen den Lotto-Jackpot zu verschmähen, oder die Aussicht auf ewiges Leben, als diese Frau.

„Annabelle, ich muss dir ... etwas sagen", unternahm er einen letzten heldenhaften Versuch. „Ich bin nicht ... frei. Ich kann nicht."

„Dann lass mich dich befreien", flüsterte sie und presste ihre festen Brüste gegen seinen Oberkörper. „Ich will es, Jimmy. Ich wollte es noch nie so sehr."

Er packte sie grob bei der Kehle, um ihr in die Augen sehen zu können, die begierig und herausfordernd glänzten. Er wollte sie von sich weisen. Er wollte es wirklich. Aber, bei Gott ...

„Sag' nicht, ich hätte dich nicht gewarnt", brachte er stattdessen heiser hervor und konnte es nicht verhindern, dass er sich ihre Lippen nahm; ihren verlockenden Kuss in etwas Drängendes, Dunkles verwandelte; etwas, das ihr ein ergebenes Stöhnen entlockte. Ein Geräusch, das die letzten Reste seiner Selbstkontrolle zu Staub zerfallen ließ.

Das war es. Genau das hatte sie gewollt. Sie hatte danach gelechzt, das spürte sie in dem Moment, da Jimmy sie grob auf sein Bett warf und aus seiner Hose stieg. Seine Erektion war beachtlich und die Art, wie er sich über ihr aufbaute, eine köstliche Drohung, die in ihren Adern prickelte und in ihrem Schoß pochte.

Als er sich über sie beugte, ihre Hände nahm und sie über ihrem Kopf festhielt, sie tief in die Kissen presste, so dass sie wie gefesselt unter ihm lag, stöhnte sie unwillkürlich auf. Seine fast schwarzen Augen glänzten wie Onyxe, die Muskeln seines Oberkörpers, seiner Schultern zuckten vor Begierde, während er mit dem Knie ihre Beine auseinanderschob.

Er stellte keine Fragen, spielte keine Spielchen. In diesem Moment nahm er sie einfach, und es war genau das, was sie so sehr von ihm brauchte.

Mit einem einzigen Stoß drang er tief in sie ein, brachte ihren Körper zum Aufbäumen und ließ sie aufschreien. Ein köstlicher Schmerz, der in ihren Schoß fuhr. Eine Invasion, der sie sich willig ergab. Sie war überrascht, wie mächtig er sich in ihr anfühlte, obwohl sie mehr als bereit für ihn war. Sie hatte sich kaum an ihn gewöhnt, da stieß Jimmy noch einmal heftig zu, brachte ihren Körper zum Beben.

Es war fast zu viel und doch, war es genau das richtige. Noch nie hatte sie sich so gefühlt. Noch nie hatte sie sich so gierig und bedingungslos, so verlangend hingegeben, wie sie es jetzt tat, während sie ihre Beine weit spreizte, sich ihm auffordernd entgegenreckte, um ihn noch tiefer in sich zu spüren, noch vollständiger von ihm in Besitz genommen zu werden.

Ein lustvolles Keuchen entfuhr ihm. Und als er ihre Hände losließ, um sich über ihr aufzurichten, schossen ihre Finger regelrecht nach vorne, so drängend war der Wunsch ihn zu berühren.

Es war wie ein Rausch. Der Anblick seines vor Lust harten Gesichtes, die glänzende dunkle Haut, die sich über seine mächtigen Schultern spannte, der dünne Schweißfilm darauf und der hemmungslose Tanz, in dem sich ihre Körper gemeinsam bewegten. Es war mehr sie erwartet hatte; so viel mehr.

Sie krallte sich in seinen Rücken, ließ ihre Finger hinab zu seinem Po gleiten, feuerte ihn an mit ihren Nägeln, als sein Rhythmus drängender wurde. Ergeben bog sie den Rücken durch, warf den Kopf zurück in die Kissen. Sie wollte diesen Höhepunkt, der sich schnell bei ihr ankündigte, brauchte ihn so sehr, dass sie alles andere um sich herum vergaß.

Ihr Atem wurde zu einem unregelmäßigen Keuchen, ihre Muskeln verkrampften sich, spürten ihren brennenden Schoß, der Jimmy immer und immer wieder tief in sich aufnahm, als Zentrum ihres Daseins und ehe sie es sich versah, explodierte sie in einem Höhepunkt, den sie wild hinausschrie und in den ihr Jimmy mit ein paar letzten tiefen Stößen folgte.

Es dauerte Sekunden, bis die beiden wenigstens halbwegs zu Atem kamen. Annabelle wollte etwas sagen, doch Jimmy brachte sie mit seinen Lippen zum Schweigen. Es war verrückt, aber ihr heftiges Zusammenkommen, ihr gleißender Höhepunkt war nichts, was ihn satt gemacht hatte, vielmehr etwas, das seinen Hunger geschürt und seine Lust entfacht hatte, so dass sein Körper nach mehr brüllte.

„Tut mir leid", raunte er an Annabelles Ohr, als er gierig nach ihrer schlanken Hüfte griff und sie an sich emporhob, bis ihre Augen und Lippen auf gleicher Höhe waren. „Ich … habe noch nicht genug."

Zur Antwort küsste sie ihn wieder und ließ sich gegen die Wand am Fußende des Bettes pressen, während er noch immer oder schon wieder hart in ihr war. Die Lust kehrte heftig in ihren Körper zurück und als sich Jimmy über ihre Brust beugte, ihre Knospen zwischen seine Zähne saugte und sie mit seiner Zunge umspielte, krallte sie sich hilflos in sein Haar und verlangte mehr. Mehr von ihm. Mehr von allem.

„Das ist herrlich", keuchte sie. „Einfach … herrlich."

Als er sich aus ihr zurückzog, bis er fast ganz den Kontakt verlor und sich wieder langsam in sie schob, nahm ihr das Gefühl beinah den Verstand. Die Reibung, die Hitze, die mächtige Härte, mit der er sie nahm.

„Oh, Gott!" Seine Lippen befreiten sie von ihrem hilflosen Stammeln. Seine Zunge drang in sie ein, genau wie er es tat; besitzergreifend, verlangend, quälend lustvoll.

Er wollte langsam sein diesmal, sich Zeit lassen zu genießen, doch es ging nicht, es war unmöglich. Nach den ersten genussvollen Bewegungen, kam die heftige Gier in seinen Körper zurück und trieb ihn an. Er packte ihre Schenkel und presste sich tief in sie, stieß mit einer Heftigkeit zu, die ihn selbst schmerzte, die ihn aufschreien ließ und willenlos machte. Ihre Hände, ihr keuchender Atem trieben ihn an, forderten ihn, verlangten mehr von genau dem, was er nicht aufzuhalten vermochte.

„Was … ist nur los … mit mir", brachte er mühsam zwischen seinen Stößen hervor, doch Annabelle unterbrach ihn mit einem Kuss, krallte sich mit beiden Händen in seinen Hintern und kam ihm bei jeder

---

Bewegung entgegen.

„Hör nicht auf", verlangte sie bebend, „Hör nie auf!"

Das hätte er auch nicht gekonnt, denn die Lust peitschte ihn voran und brachte ihn dazu, sein hartes Fleisch wieder und wieder in sie hineinzutreiben, sich in sie zu krallen, bis es wehtun musste. Wieder kündigte sich ein Höhepunkt an, dem sich sein Körper fiebrig entgegenbewegte und als er ihn erfasste und mit sich riss, brüllte er auf und ergoss sich zitternd in sie.

Dass Annabelle auch gekommen war, spürte er an den unwillkürlichen Kontraktionen ihrer inneren Muskeln, an ihrem zitternden, schlaffen Körper, ihrer seligen Schwäche und ihrem Atem, der nur schwer abklang.

Vorsichtig nahm er sie und sank mit ihr aufs Bett, so dass sie auf seiner Brust lag.

Was, um alles in der Welt, war das denn?

Was hier gerade passiert war, hatte nichts mit *miteinander schlafen* zu tun gehabt, es war vielmehr eine wilde Raserei gewesen, die ihm sein Körper diktiert und die Annabelle gütigerweise mitgemacht hatte. So etwas, war ihm noch nie passiert.

Er öffnete die Augen und blickte auf ihren Scheitel, spürte ihren Atem auf seiner Brust und das Gefühl ihrer zarten, feuchten Haut auf seiner. Ihre Finger lagen auf seinem Herzen und die Art, wie sie sich völlig ermattet an ihn schmiegte, löste ein Gefühl in ihm aus, von dessen Existenz er bis zu diesem Moment nichts gewusst hatte.

Es war eine innige Verbundenheit, der dringende Wunsch bei ihr zu bleiben und alles zu erfahren, was ihr jemals geschehen war, was sie ausmachte, was sie sich wünschte.

Er wollte sie am liebsten sofort noch einmal nehmen, und gleichzeitig wollte er mit ihr im Pyjama Popcorn vor dem Fernseher essen und über Blödsinn reden, tanzen und lachen. Er wollte für sie kochen und dem Moment entgegenfiebern, da er in ihrem Gesicht ablesen konnte, dass ihr sein Essen schmeckte.

Die Erkenntnis traf ihn wie ein Schlag ins Genick. Die Gefühle, die er damals für sie gehegt hatte, waren zurück, und sie hatten in einem Umfang Verstärkung mitgebracht, wie er es nicht zu träumen gewagt hätte.

Resigniert schloss er die Augen. Sein Leben war ein verfluchtes Chaos. Und nicht nur das: er hatte seine Freundin betrogen. Und er hatte Annabelle betrogen. Und damit ... hatte er sich gewissermaßen selbst betrogen.

Mit einem leisen Seufzen umfasste er sie, als sie eingeschlafen war und rollte sie vorsichtig neben sich, betrachtete sie lange, strich über die sanfte Wölbung ihrer Hüfte, hauchte ihr einen Kuss auf die Wange und deckte sie zu. Es war ein Abschiedskuss, dessen war er sich bewusst. Denn wenn sie gehört hätte, was er ihr morgen früh sagen würde, dann würde sie nie im Leben mehr etwas mit ihm zu tun haben wollen.

Eine Erkenntnis, die heftigen Schmerz in ihm auslöste und dafür sorgte, dass er auch dann noch wach lag, als im Osten bereits der Morgen graute.

V

Als Annabelle aufwachte, fühlte sie sich so gelöst und zufrieden wie lange nicht mehr. Und als die Erinnerung zurückkehrte, wusste sie auch wieder warum. Mit einem seligen Lächeln tastete sie neben sich, doch die andere Seite des Bettes war leer und bereits kalt. Jimmy musste bereits aufgestanden sein. Ein Umstand, der sie dazu brachte, sich ebenfalls aufzuraffen.

Als sie sich im Bett hinsetzte, schmerzte ihr Körper genau an den richtigen Stellen und zauberte ihr ein Lächeln aufs Gesicht. Wer weiß, wenn er nicht sofort ins Restaurant musste, würden sie das eventuell nochmals wiederholen können, bevor der Alltag sie wiederhatte.

Sie griff nach seinem Hemd und zog es sich über, knöpfte es diesmal jedoch zu und ging aus dem Zimmer. Zu ihrer großen Überraschung war Jimmy nicht etwa dabei Kaffee aufzusetzen, sondern lag mehr schlecht als recht mit seiner Jacke zugedeckt auf der Couch.

„Jimmy?", fragte sie etwas irritiert. „Was machst du da?"

Als wäre neben ihm eine Bombe hochgegangen, schreckte er auf. Nachdem er es einfach nicht mehr ausgehalten hatte neben Annabelle zu liegen, Lügner und Betrüger, der er war, hatte er sich selbst auf die Couch ausquartiert.

Als sie nun mit diesem verwirrten Gesichtsausdruck vor ihm stand, hinreißend schön, wie die Sünde selbst, fiel es ihm schwer seine Gedanken zu sortieren. Doch es musste sein.

„Annabelle, ich muss mit dir reden."

Sie zog die Stirn kraus. Gespräche, die so anfingen, endeten meistens in einem Desaster.

„Ja?", fragte sie und kam zu ihm, setzte sich neben ihn auf die Couch. „Worum geht es?"

Er versuchte den Blick von ihren nackten Schenkeln und der Tatsache, dass sie keine Unterwäsche trug, abzulenken und sich auf das zu konzentrieren, was er zu sagen hatte. „Ich wollte dir etwas sagen. Also, was heißt wollte … ich sollte. Oder, naja … eigentlich muss ich sogar. Ja, ich muss."

„Jimmy!"

Er schnaufte. „Ja, also es ist folgendermaßen. Ich -"

„Ich kotze gleich!"

Beide blickten zur Tür, von woher die angewiderte Stimme kam. Sie gehörte Jimmys Schwester Sarah, zumindest ging Annabelle davon aus, dass sie es war. Denn so viel Abscheu, wie in ihrer Miene lag, konnte nur einem Mädchen gehören, das seinen Bruder gerade halbnackt mit einer ebenfalls leicht bekleideten Frau erwischte.

„Sarah! Was machst du denn hier?"

Er stand auf und versuchte halbwegs würdevoll zu wirken. Was ihm leider völlig misslang.

„Entschuldige Mal, ich wohne hier. Im Gegensatz zu ihr!" Sie zeigte wenig höflich auf Annabelle. „Wer ist sie?"

„*Sie*", antwortete Annabelle, „beherrscht unsere Sprache und kann selbst antworten."

„Aber du -"

Jimmy konnte Sarah mit einem heftigen Augenrollen gerade noch davon abhalten Annabelle auf die Nase zu binden, was er ihr um jeden Preis selbst erzählen wollte.

„Da Jimmy offenbar außerstande ist, mich vorzustellen." Sie kam in ihrer luftigen Bekleidung auf Sarah zu, die sie fassungslos anstarrte.

„Ich bin Annabelle. Annabelle Stetson."

Sarah gab mit der teenagertypischen Gleichgültigkeit ein Achselzucken von sich. „Müsste ich Sie kennen?"

61

„Nein. Eigentlich nicht. Ich bin die Cousine von Gabriel BlackHawk, den hier alle nur Spock nennen. Aber ich glaube, wir beide kennen uns nicht."

Sarah wollte nicken, doch dann schien ihr etwas in den Sinn zu kommen. „Moment! Stetson, sagen Sie?"

„Ja, genau."

„Wenn Sie Spocks Cousine sind ... und Stetson heißen, sind sie dann mit Aaron Stetson verwandt? Aaron Stetson, dem Schauspieler?"

Annabelle lächelte gütig. „Er ist mein Bruder."

„*Oh, mein Gott!*" Sarah vergaß ihre Lässigkeit mit einem Mal und fing an wie eine Fünfjährige vor Begeisterung auf und ab zu hüpfen. „Er ist toll! Er ist so toll! Und heiß, oder? Hab ich Recht? Er ist wahnsinnig heiß!"

Annabelle zog die Stirn kraus. „Er ist mein Bruder, Sarah. Wenn ich zu dir sagen würde, dein Bruder ist heiß, was würde dir dazu einfallen?"

„Sie meinen, außer Brechreiz?"

Annabelle nickte. „Siehst du."

„Ja, verstehe." Dann grinste sie wieder. „Aber er ist göttlich. Er sieht so toll aus. Können Sie mir ein Autogramm besorgen? Oder noch besser, wenn Sie öfter mit Jimmy schlafen, kann er uns ja vielleicht mal besuchen kommen."

„Hey!", empörte sich Jimmy. „Ich hab nicht -"

Sarahs strafender Blick brachte ihn zum Verstummen.

„Ja, ja, schon gut."

Annabelle fand die beiden außerordentlich amüsant. Wahrscheinlich war ihnen gar nicht klar, wie ähnlich sie sich waren.

„Also dann. Ich gebe euch mal die Chance euch anzuziehen. Wenn mich jemand sucht, ich bin drüben bei mir."

„Alles klar."

Kaum dass Sarah aus dem Wohnzimmer verschwunden war, klopfte es an der Tür.

„Ähm …" Annabelle blickte an sich hinab. „Ich gehe mal eben ins Badezimmer."

Jimmy wartete, bis sie im Bad verschwunden war. Dann öffnete er.

„Guten Morgen, Sir."

Mit einiger Verwunderung blickte er in das ernste Gesicht eines Streifenpolizisten.

„Guten Morgen."

„Sir, mein Name ist Detective Joshua Norrington." Er hob eine Dienstmarke in die Höhe. „Ich bin auf der Suche nach Sarah …" Stirnrunzelnd blickte er auf seinen Notizblock. „RedCrow. Sarah RedCrow. Ist sie hier?"

„Nein." Jimmy versuchte sich nicht anmerken zu lassen, dass ihm das Herz hart in der Kehle schlug. „Warum?"

„Darf ich fragen, wer Sie sind?"

„Ich bin James RedCrow. Sarahs Bruder."

„Mr. RedCrow, wir haben einen Haftbefehl gegen ihre Schwester."

„*Was?* Warum das denn, um alles in der Welt."

„Wegen Ladendiebstahl."

Jimmy lachte abfällig. „Da kann es sich nur um ein Missverständnis handeln."

„Das sieht die Überwachungskamera der Tankstelle in der Washington-Street leider anders. Wir haben die Bänder einer Miss …" Wieder sah er auf seinen Block. „LongWater gezeigt. Sie ist die Rektorin der hiesigen Schule und hat Ihre Schwester eindeutig identifiziert."

„Und jetzt wollen Sie sie festnehmen, weil sie eine Packung Zigaretten geklaut hat? Gibt es keine richtigen Verbrecher, die Sie jagen können?"

Der Polizist blickte ihn mit professioneller Eindringlichkeit an.

„Sir, ich verstehe Ihre Aufregung. Sie müssen jedoch wissen, dass dies bereits der vierte Überfall auf eine Tankstelle ist, in den ihre Schwester verwickelt ist. Sie geht dabei offenbar mit einem Komplizen vor, der jedoch immer maskiert erscheint, nachdem sie die Lage sondiert hat. Mit dieser Vorgehensweise haben die beiden bereits über 10.000 Dollar erbeutet. Diesmal wurde leider auf die Verkäuferin geschossen. Sie liegt schwer verletzt im Krankenhaus."

Jimmy spürte, wie ihm die Farbe aus dem Gesicht wich.

„Wer hat geschossen?", fragte er.

„Das wissen wir nicht. Es war leider außerhalb des Kamerablickwinkels. Es wäre sicherlich von großem Vorteil, wenn Ihre Schwester sich stellen würde." Er blickte Jimmy aus stahlgrauen Augen an. „Sir, sind Sie wirklich sicher, dass Ihre Schwester nicht hier ist?"

„Das bin ich."

„Darf ich mich bei Ihnen im Haus ein wenig umsehen?"

„Nein."

Der Polizist zog die Stirn kraus, während seine Höflichkeit in Arroganz abglitt. „Ich kann mir auch einen Haftbefehl besorgen."

Jimmy blickte ihn fest an. „Dann tun sie das."

Detective Norrington tippte sich an die Polizeimütze und ging betont langsam zurück zu seinem Wagen. „Wir sehen uns, Mr. RedCrow", sagte er und stieg ein.

Jimmy wartete, bis er aus seinem Sichtfeld verschwunden war, dann schlug er die Haustür zu und lief ins Wohnzimmer.

Annabelle stürmte aus dem Bad und knöpfte sich gerade ihr Kleid zu.

„Ich habe gelauscht", antwortete sie auf Jimmys fragenden Blick.

—

„Sarah war das nicht!", beharrte er aufgeregt und stürmte an ihr vorbei zu der Tür, die wohl in Sarahs Wohnung führte. „Sie würde niemals auf jemanden schießen."

Ohne anzuklopfen lief er hinein. „Sarah? – Sarah, wo bist du?"

Annabelle lief hinter ihm her. Aufregung und Angst trieben ihren Puls in die Höhe, während sie in die unaufgeräumten Zimmer des Mädchens blickte, in denen Schuhe neben umgestülpten Handtaschen wild verstreut herumlagen.

„Sie ist weg", sagte sie, während Jimmy noch suchte.

„Woher willst du das wissen?"

Annabelle zeigte auf die Taschen. „Sie hat ihre Taschen geleert, mitgenommen, was sie braucht und ist abgehauen.

„Verdammt!", kam es aus einem der hinteren Zimmer.

Als Annabelle hinzukam, stand Jimmy mit einem frustrierten Schnauben vor einem hochgeschobenen Badezimmerfenster und stemmte resigniert die Fäuste in die Hüften.

Dann trat er mit so viel Schwung gegen den Mülleimer, dass er quer durch den Raum flog und dabei gebrauchte Wattepads und leere Shampoo Flaschen über den Boden verteilte.

Annabelle hatte das Gefühl, dass er kurz davor war durchzudrehen. Kein Wunder, seine kleine Schwester war plötzlich eine gesuchte Diebin und wenn diese Verkäuferin ihre Verletzung nicht überleben würde …

Sie ging zu ihm und legte ihm in einer festen Geste die Hand auf die Schulter, drehte ihn zu sich herum.

„Wir müssen sie finden", erklärte sie eindringlich. „Jimmy sieh' mich an."

Als er es tat, erkannte sie in seinem Blick, dass er rasend vor Sorge war.

„Wo wohnt dieser Bobby?"

———

„In Chapel Hill." Er versuchtes sich mit tiefem Durchatmen zu beruhigen. Wenn er nur wie ein hysterisches Huhn herumlief, nutzte er niemandem etwas. „In der Morrison Lane 34."

„Hat Sarah dir das erzählt?"

„Nein. Ich habe es über sein Nummernschild rausgefunden. Andi, hier auf der Wache, schuldete mir noch einen Gefallen."

„Gut. Wenn sie denkt, du wüsstest es nicht, wird sie dorthin geflohen sein."

„Glaubst du denn, dass mich meine Schwester belügt?", schrie er sie an.

„Ich glaube", Annabelle hielt seinem harten Blick stand. „dass wir sie finden sollten, bevor die Polizei es tut."

Seine Schultern sanken resigniert herab. „Ja, ... du hast Recht. Tut mir leid, dass ich so ausflippe."

„Wie kommt Sarah nach Chapel Hill, wenn sie keinen Wagen hier hat?"

„Entweder mit dem Bus oder – und das ist wahrscheinlicher – sie ruft ihn an und lässt sich von ihm abholen."

„Dann hol den Wagen! Beeil dich!" Annabelle packte ihn am Unterarm und zerrte ihn aus dem Badezimmer. „Und *ich* fahre!"

*

Jimmy versuchte tief durchzuatmen und sich zu beruhigen. Verdammt nochmal, was stimmte mit ihm nicht, dass sein Leben immer dann, wenn er versuchte etwas richtig zu machen, direkt auf die nächste Katastrophe zusteuerte?

Sarah eine Diebin? Seine kleine Sarah? Wie hatte es nur soweit kommen können? Wie, um alles in der Welt, hatte er nur so blind sein können und es nicht bemerken?

Auch das Telefon hatte sie ausgeschaltet. Er hatte sie mindestens zehn Mal angerufen und ihre Mailbox mit Nachrichten überflutet.

Er war so ein verfluchter, naiver Idiot!

„Wo lang?"

„Links!"

Annabelle riss das Lenkrad herum, so dass sie mit quietschenden Reifen um eine Kurve driftete. Sein Überlebensinstinkt brachte Jimmy dazu sich im Griff festzukrallen.

„Der Wagen hat auch Bremsen", erklärte er. „Nur für den Fall, dass du mal in der Stimmung bist sie zu benutzen."

„Schon mal in New York Auto gefahren?"

„Äh… nein."

„Wenn doch, wüsstest du, wie rücksichtsvoll ich fahre."

Anstatt vor einer roten Ampel anzuhalten, schoss Annabelle hupend darüber. Ganz offenbar, um denjenigen, die eigentlich Vorfahrt hatten, die Chance zum Bremsen zu geben. „Außerdem wäre ich gerne vor Sarah an Bobbys Wohnung. Ich denke, du auch."

„Ich hätte mein Gewehr mitnehmen sollen."

„Damit ich dich dann im Knast besuchen kann?"

Annabelle war so konzentriert auf die Fahrt, dass sie Jimmys Blick nicht bemerkte. Wenn er ihr erst einmal gesagt hätte, was er ihr schon längst hätte sagen sollen, würde sie ihn sowieso nie wiedersehen wollen. Er wollte es doch heute Morgen tun, aber jetzt waren sie hier und versuchten Sarah zu finden. Sollte er es denn jetzt sagen? Und Sarahs Freiheit aufs Spiel setzen?

Er blickte Annabelle an, die irgendwo zwischen Konzentration und Irrsinn durch den Straßenverkehr schoss.

Sie war einfach wundervoll. Der, verdammt nochmal, wundervollste Mensch, den er kannte. Sogar jetzt, mit all der Sorge um Sarah, fiel ihm das immer und immer wieder auf.

Als sie die Stadtgrenze passierten und im plötzlich dichten Verkehr abbremsen mussten, hätte er die vor ihnen fahrenden Wagen am liebsten von der Straße geschoben. Aber es half nichts.

„Ich habe keine Ahnung, wo die Morrison Lane sein soll."

„Aber ich." Jimmy zeigte auf ein Straßenschild. „Da rechts runter und dann bis zur T-Kreuzung, da wieder rechts. Ich bin dort schon ein oder zwei Mal vorbei-gefahren."

Sie warf ihm einen zweiflerischen Blick zu.

„Elf Mal."

„Das grenzt ja an Stalking."

„*Ja!* Und ich hatte Recht damit, verdammt!"

Da konnte sie leider nicht widersprechen. „Und was machen wir, wenn wir dort sind?"

Gute Frage. „Darüber habe ich noch nicht nachgedacht."

„Du musst Sarah dazu bringen sich zu stellen. Und Bobby muss sich mit ihr stellen."

Jimmy lachte abfällig. „Das kannst du vergessen. Er ist volljährig, Sarah nicht. Er würde nach Erwachsenen-strafrecht verurteilt, das weiß er ganz genau."

Annabelle blickte ihn fest an. Einen Moment zu lange, für seinen Geschmack, wenn man den dichten Straßenverkehr bedachte. „Dann wirst du ihn eben zwingen."

„Kein Problem", antwortete er. Der Wunsch nach Rache war ihm deutlich anzusehen, so dass Annabelle noch hinzufügte:

„Lebendig."

Es dauerte fast zwanzig Minuten bis sie sich durch die Rushhour geschlängelt hatten und endlich in der Morrison Lane ankamen. Ein mehr als ordentliches Viertel.

„Der wohnt ja keineswegs bescheiden", erklärte Annabelle.

„Nein, und jetzt wissen wir auch, warum. – Da hinten ist es. Park den Wagen am besten hier."

Die beiden stellten das Auto unter einer großen Linde ab und machten sich auf den Weg.

„Da hinten steht sein Mustang." Jimmy zeigte die Straße hinunter.

„Gut. Dann ist zumindest er auf jeden Fall hier."

„Er wohnt im zweiten Stock."

„Lass uns hier warten, bis Sarah kommt."

„Und wenn er abhaut?"

„Dann halten wir ihn auf. Aber wenn er jetzt noch hier ist, wird er auf sie warten und dann werden sie mit dem Geld abhauen. So zumindest würde ich es machen, wenn ich an ihrer Stelle wäre."

Nichts fiel Jimmy in diesem Moment schwerer, als zu warten. Doch Annabelle hatte im Augenblick den weitaus kühleren Kopf. Und sie hatte Recht.

Die Sekunden zogen sich ewig in die Länge und jede Minute, die er abwarten musste, kam ihm wie ein Jahrzehnt vor. Die Gedanken fuhren zusammen mit Zorn und Sorge in seinem Kopf Achterbahn.

„Was ist, wenn sie gar nicht kommt?"

„Sie wird kommen. Das hier ist der einzige Platz, den beide glauben geheim gehalten zu haben. Die Polizei kennt Bobby nicht und du weißt nicht, wo er wohnt. Zumindest denkt Sarah das."

„Da ist sie!", rief er und Annabelle schlug ihm die Hand vor den Mund und schob ihn hinter einen Baumstamm.

───

„Sehr unauffällig."

Gott, er war wirklich von allen guten Geistern verlassen. „Tut mir leid. Hat sie es gehört?"

Annabelle lugte hinter dem Baumstamm hervor und sah, wie Sarah hinter dem wieder anfahrenden Bus die Straße überquerte. Sie wirkte gehetzt und sogar auf die Entfernung konnte man sehen, wie leichenblass sie war.

„Nein. Wir warten, bis sie reingegangen ist und folgen ihnen dann, so dass die beiden in der Wohnung sind, wenn wir vorbeischneien."

Jimmy betrachtete sie irritiert. „Du klingst, als hättest du reichlich Erfahrung mit krimineller Energie."

„Ich war mit einer verheiratet. – Da!"

Sie beobachteten, wie Sarah klingelte und offenbar etwas in die Gegensprechanlage sagte. Kurz darauf öffnete sich die Tür und verschwand im Haus.

„Schnell!" Annabelle sprintete mit beachtlicher Geschwindigkeit zur Haustür und hielt sie geräuschlos fest, kurz bevor sie wieder ins Schloss fiel. Als Jimmy sie schwer atmend erreichte, hielt sie sich den Zeigefinger vor den Mund. Sie lauschte und hörte im Treppenhaus das Echo einer Tür, die zugeworfen wurde. Dann winkte sie Jimmy nach drinnen.

Das Treppenhaus war marmorgefliest und größer als so mache Einzimmerwohnung.

Die beiden schlichen sich hinauf.

„Das ist Sarah", flüsterte Jimmy aufgeregt, als sie an der Tür lauschten. „Und dieser Scheißkerl ist auch da."

Annabelle nickte. „Wenn du soweit bist, klingle ich."

Jimmys Gesicht nahm einen wutverzerrten Ausdruck an, und ehe Annabelle noch wirklich begriff, was geschah oder gar etwas dagegen unternehmen konnte, machte Jimmy einen Schritt zurück und trat die Tür ein, die mit einem lauten Krachen gegen die Wand flog, während sich das

Schloss in der Wohnung verteilte.

Der Anblick, der sich ihm bot, war wohl das, was er hatte erwarten müssen, aber ganz sicher nicht, was Jimmy sehen wollte:

Sarah und Bobby standen an einem Tisch und stopften kleine Geldbündel, die sie offenbar selbst geschnürt hatten, in eine Sporttasche. Die Überraschung war ihnen beiden anzusehen.

„Jimmy?" Sarah sah aufgeschreckt zu Bobby und dann wieder zu ihrem Bruder. „Was machst du hier?"

„Was hast du dir nur dabei gedacht?", brüllte er lauthals. „Du kommst sofort mit zur Polizei. - Ihr beide!"

„Du hast uns verpfiffen?", schrie Bobby Sarah an.

„Ich habe nichts gesagt", gab sie mit einem aufgelösten Kopfschütteln zurück. „Bobby, wirklich, ich schwöre es. Ich habe nichts gesagt."

In diesem Augenblick begriff Annabelle das, was Jimmy erst Sekunden später aufging, als er nach Sarahs Arm griff und sie vor Schmerz wild aufschrie. Er ließ sie nicht los, sondern schob ihren Ärmel nach oben. Als sie die blauschwarzen Flecken auf ihrem Arm sah, teilweise frisch, teilweise schon gelblich verfärbt am Abheilen, explodierte die Erkenntnis in seinem Gesicht.

„Du verfluchtes Schwein! Du hast sie gezwungen!" Er wollte den Kerl anfallen, ihn am liebsten an Ort und Stelle umbringen, zu Tode prügeln. Doch die Waffe, die ihm Bobby plötzlich ins Gesicht hielt, ließ ihn innehalten. Annabelle trat einen Schritt zur Seite, weg von ihm.

Sarah schluchzte auf. „Tu ihm nichts! Du hast mir versprochen, dass du ihm nichts tust!"

„Das war bevor du mich verpfiffen hast!"

„Na los!" Jimmy funkelte ihn eisig an, während der Lauf der Waffe sich gegen seine Stirn drückte. „Drück schon ab und zieh dein Ticket für die Todeszelle, Arschloch!"

Bobbys jugendliches Gesicht verzog sich zu einer sadistischen Fratze. Er machte einen Schritt zurück, packte Sarah im Schwitzkasten und hielt ihr die Waffe an die Schläfe.

„Vielleicht sollte ich das tun."

Die Panik in Jimmys Venen fühle sich wie rasender Wahnsinn an. Er war kurz davor ihn anzuflehen, Sarah nichts zu tun, doch er wusste, dass das diesen Kerl kaltlassen, ihn vielleicht sogar noch animieren würde.

Seine Schwester krallte sich mit tränenüberströmtem Gesicht an Bobbys Arm, der sich gegen ihre Kehle drückte. Dabei rutschte ihr Shirt hoch und entblößte weitere Schürfwunden und blaue Flecke an ihrem Bauch. Mein Gott, was hatte dieser Irre nur mit seiner Schwester gemacht.

„Du nimmst jetzt die Tasche, Sarah", wies Bobby sie an. „Na, los!"

Mit zitternden Fingern griff sie nach der Sporttasche und klammerte sich daran. Der verzweifelte, flehende Blick, den sie Jimmy dabei zuwarf, brach ihm schier das Herz.

„Und jetzt gehen wir beide, du und ich, zum Wagen und fahren los."

„Lass sie hier! Du brauchst sie doch nicht!"

„Natürlich brauche ich sie. Sie ist meine kleine Lebensversicherung. Bis ich raus aus der Stadt und dem Staat bin, wird sie mir Gesellschaft leisten."

„Und dann lässt du sie laufen?"

Bobby lachte bösartig. „Dann brauche ich sie nicht mehr."

„Du verdammtes Schwein!", brüllte Jimmy. „Wenn du meiner Schwester auch nur ein Haar krümmst, dann werde ich dich jagen und finden. Und dann wird es nichts geben, was dich noch retten kann."

Bobby riss den Kopf zu einem Lachen in den Nacken und dann ging auf einmal alles ganz schnell.

Jimmy sah aus dem Augenwinkel etwas an sich vorbeifliegen, das Bobby hart an der Stirn traf und sofort ausknockte. Er brach neben Sarah regungslos zusammen und ließ sie schockstarr mit der Tasche in der Hand stehen.

Sie weinte mit zusammengekniffenen Augen, begriff überhaupt nicht, was vor sich ging, als Jimmy sie plötzlich in seine Arme riss und fest an sich presste. Ihre Beine sackten unter ihr weg und Jimmy ließ sich mit ihr zusammen auf die Knie nieder.

„Ist ja gut, Sarah", versuchte er sie zu beruhigen, doch die tiefen Schluchzer zerrissen ihr die Brust und machten es ihr fast unmöglich zu sprechen.

„Er ... er hat gesagt, er bringt dich um."

„Sssch! Ist ja gut."

„Wenn ich nicht mitmache, er hat gesagt ... du bist doch meine ganze Familie, seit Mum ..." Sie brach ab und vergrub das Gesicht an Jimmys Brust. Ein Anblick, der Annabelle schier das Herz brach. Sie wischte mit der Fußspitze die Waffe aus Bobbys Hand und schubste sie quer durch den Raum.

„Danke!", sagte Jimmy, indem er zu ihr aufsah. „Ich weiß gar nicht, wie ich dir danken soll."

Sie lächelte sanft. „Das ist auch nicht nötig."

„Was war das eigentlich?"

„Eine Schneekugel." Sie zeigte hinter sich. „Sie stand da auf dem Tisch und da ich etwas von dir weg stand, hat er nicht bemerkt, dass ich sie mir genommen habe. Peripheres Sehen ist schwierig für Männer. Und da ich immer eine ganz gute Softballspielerin war ..." Mit einem Achselzucken streckte sie ihm die Hand entgegen. „Gib mir dein Telefon."

„Wen willst du anrufen?"

„Einen Krankenwagen für ihn hier und die Polizei. Je eher sie Sarahs ... Verletzungen sehen, desto klarer wird ihnen sein, dass sie zu alldem nur gezwungen worden ist."

Jimmy nickte und war mehr als dankbar für Annabelles kühlen Kopf. „Ja, das ... ist gut."

Er drückte Sarah fest an sich und hätte ihren zitternden Körper am liebsten nie wieder losgelassen.

*

Nachdem auf dem Polizeirevier endlich alles soweit geklärt war und Jimmy seine Schwester schweren Herzens vorübergehend in der Obhut der Polizistin in Untersuchungshaft gelassen hatte, hatte Annabelle Jimmy für soweit zurechnungsfähig befunden, dass sie ihn fahren ließ.

Die meiste Fahrtzeit über hatten sie sich ihren eigenen Grübeleien überlassen und als sie endlich an Jimmys Haus ankamen, brach gerade die Dämmerung herein.

„Ich bin fix und fertig", erklärte Annabelle, während sie die Autotür aufschob und vom Sitz kletterte. Ihre Knochen waren schwer wie Blei, und ihre Muskeln fühlten sich wie Gummi an.

„Ja, ich auch. Was hältst du davon, wenn du dich auf die Couch setzt und ich koche uns in der Zeit etwas."

„Das würdest du tun?", fragte sie hoffnungsvoll.

Er nickte stolz. „Aber sicher doch."

Selig sackten ihre Schultern herab. „Herrlich. Dafür liebe ich dich." Sie riss die Augen auf, als hätte sie sich über ihre eigenen Worte erschrocken. „So meine ich es natürlich nicht. Ich meine, ... ja, doch. Ich meine, fürs Essen ..." Sie schlug sich selbst gegen die Stirn. „Oh, Gott."

Jimmy lachte und umarmte sie, küsste sie auf die Stirn und führte sie im Kreuz die Veranda hinauf. „Ich weiß schon, wie du es gemeint hast. Komm."

Sie lächelte. „Hey, heute bin ich gar nicht nass, wenn ich zu dir ins Haus komme."

„Das ist bestimmt ein gutes Zeichen." Jimmy drehte den Türknauf und ließ Annabelle den Vortritt, dann folgte er ihr.

„Wer sind Sie denn?"

Als er Chelseas Stimme hörte, stürzten seine Gedanken in sich zusammen. Annabelle stockte.

„Ich bin Annabelle Stetson. Und Sie sind?"

Es war, als würde man zwei Wagen aufeinander zurasen sehen und wissen, dass sie gleich in einem katastrophalen Crash zusammenprallten. Chelsea und Annabelle in einem Raum zu sehen, war, als würden zwei Welten kollidieren.

„Ich bin Chelsea Deardon." Und dann sagte sie es. „Ich bin Jimmys Verlobte."

Sein Blick flirrte zu Annabelle, gerade noch rechtzeitig, um sehen zu können, wie ihre Gefühle, ihre Offenheit, ihr ganzes Wesen, das ihm so unerhört wichtig geworden war, hinter einer kühlen Maske verschwanden. Eine Maske, die ein eisiges Lächeln zustande brachte.

„Und wer sind Sie?", hakte Chelsea nach.

„Ich … bin …, ich bin Sarahs Lehrerin."

Chelsea zog misstrauisch die Stirn kraus, während sie sich an der Kante der Couch festhielt und einen Schritt nach vorne humpelte. „Was ist denn mit Sarah?"

„Das wird Ihnen ihr … Verlobter sicher gleich erzählen." Annabelle sah ihm in die Augen. Darin war kein Gefühl mehr für ihn. Es war, als wäre das Leuchten darin, das ihn so fasziniert hatte, für immer erloschen.

„Also dann", sagte sie. „Ich muss los."

„Ich fahre dich."

„Nein, woher denn. Es ist so ein schöner Abend. Da gehe ich gerne zu Fuß." Sie blickte sich zu Chelsea um und nickte knapp. „Miss Deardon."

Chelsea nickte zurück und dann verschwand Annabelle einfach durch die Tür.

Einfach so.

Er blickte ihr fassungslos nach.

Konnte es denn möglich sein, dass es so zu Ende ging?

Das durfte doch nicht sein.

„Jimmy, ist alles in Ordnung?", fragte Chelsea, und humpelte noch einen Schritt näher.

„Moment", sagte er und stürmte nach draußen. „Annabelle, warte! Anni!"

Er wollte sie am Arm festhalten, doch sie riss sich los und fuhr herum. „Nenn, mich nicht Anni und fass mich nicht an!"

„Es tut mir leid!"

Die Ohrfeige kam mit solcher Urplötzlichkeit, dass ihm der Schmerz überraschend stark in die Wange fuhr.

„Willst du das? Ja? Ist es noch nicht genug, dass du mich betrogen und belogen hast? Muss ich jetzt vor *ihr* auch noch das Gesicht verlieren?", schrie sie verzweifelt mit Tränen in den Augen. „Du bist so ein erbärmlicher Dreckskerl. Und ich hatte dich so gern, verdammt. Ich hatte dich so wahnsinnig gern."

Sie brach in einem Kopfschütteln ab und presste die Augen zusammen, als könnte sie dadurch verhindern, dass ihre Tränen flossen.

„Annabelle, bitte. Es tut mir so leid. Ich wollte das so nicht. Ich wollte dir niemals wehtun!"

„Wenn du mir noch eine weitere Lüge auftischst, vergesse ich mich", brachte sie mit dem Ausdruck tiefster Kränkung hervor. Dann trat sie einen Schritt zurück und schwieg für einen Moment.

„Sie wartet auf dich", sagte sie dann und ging einfach davon.

Er wusste nicht, wie lange er so dastand und ihr nachsah. Sicher noch einige Zeit, als sie schon aus seinem Sichtfeld verschwunden war.

Die Fröhlichkeit, die er in den letzten Tagen gefühlt hatte, nahm sie mit. Zurück blieben Schuldgefühl und Traurigkeit und die bleierne Schwere der Verantwortung.

Als er sich endlich umdrehte, sah er, dass er in seiner Eile die Haustür offengelassen hatte. Darin stand Chelsea und betrachtete ihn schweigend.

Er trat ihr gegenüber und atmete tief durch, während er sich die Worte für seine – bereits unnötige – Beichte zurechtlegte. „Sie -"

Chelsea hob die Hand. „Ich will es nicht hören!"

„Was?" Überrascht zog er die Stirn kraus. „Aber -"

„Ich sage doch, ich will es nicht hören. Komm rein."

Völlig fassungslos ließ er sich ins Haus ziehen und beobachtete Chelsea, wie sie zum Küchentresen humpelte. Sie wollte es nicht hören? Das konnte doch nicht ihr Ernst sein!

„Chelsea, du hast doch gehört, worüber wir gesprochen haben. Dir muss doch klar sein -"

„Ich habe die vorläufige Gästeliste fertiggemacht. Du kannst sie dir nachher durchsehen und Namen ergänzen, wenn du möchtest", erklärte sie, indem sie sich ein Glas Weißwein einschenkte.

„Aber ich habe dich betrogen!", rief er fast verzweifelt.

Sie sah mit einem kühlen Ausdruck in den eisblauen Augen auf und lächelte. „Ich weiß. Schließlich bin ich weder ein Idiot noch taub."

„Aber wie kannst du mich dann immer noch heiraten wollen? Verdammt, du schreist mich ja noch nicht einmal an. Bist du denn überhaupt nicht verletzt?"

Sie nahm einen Schluck Wein und blickte auf. „Wir sind ein Team, Jimmy. Geschäftlich und privat. Wir können es uns nicht leisten den Kopf zu verlieren. Ich will dich heiraten, verstehst du? Und du siehst deinen Fehler offenbar ein und hast dich richtig entschieden. Schließlich bist du immer noch hier. Nicht wahr?"

Er blickte sie fassungslos an. Wenn in ihrem Krankenzimmer nicht ordentlich durchgewischt wurde, verlor sie die Nerven und wenn ihr Verlobter sie betrog, ließ sie das kalt? Was ging in dieser Frau nur vor?

„Ich versteh das nicht", erklärte er wahrheitsgemäß und trat zu ihr an den Tresen. Sie legte ihre Hand auf seine, drückte sie leicht und lächelte.

„Das ist auch nicht nötig."

VI

Ein Monat später:
Jimmy saß in Chapel Hill in seinem Hotelzimmer und starrte in den Spiegel.

Eigentlich hätte er die Manschettenknöpfe anbringen sollen, die ihm Chelsea eigens für die Hochzeit geschenkt hatte, doch es fehlte ihm irgendwie der Antrieb dafür.

„Wo ist deine Fernbedienung?"

Er blickte auf, als Sarah plötzlich direkt vor ihm stand und die Fäuste in die Hüften stemmte.

„Was?"

„Die Fernbedienung?"

Mit einem Kopfschütteln fragte er: „Was für eine Fernbedienung?"

„Die, mit der man dich vor und zurück, links und rechts bewegen kann, mit der du über Gräben springst und deine Gegner mit Steinkugeln bewirfst. – Und falls dir das zu metaphorisch ist: du wirkst wir ferngesteuert. Wie diese kleinen, halslosen Männchen in den Videospielen." Sie war wieder ganz die Alte.

„So ein Quatsch." Er schüttelte den Kopf und schob einen der Manschettenknöpfe durch das dafür vorgesehene Loch an seinem gestärkten, schneeweißen Hochzeitshemdärmel.

Derweilen zog sich Sarah einen Stuhl heran und setzte sich ihm gegenüber. „Jetzt mal ganz im Ernst, Jimmy. Willst du das wirklich tun?"

„Natürlich."

„Hast du denn mal mit Annabelle gesprochen?"

„Wie denn?" Er stieß ein freudloses Lachen aus. „Sie ist ja schnurstracks wieder zurück nach New York. Auf Anrufe antwortet sie nicht. Ich hab sogar in der Schule, in der sie aushilfsweise arbeitet, angerufen. Da lässt sie sich verleugnen und für die Mailadresse, die ich rausgefunden hatte, hat sie eigens für mich eine Out-of-Office-Reply programmiert." Er blickte mit einem selbstironischen, schwermütigen Lächeln auf. „Sozusagen eine Out-of-Jimmy-Reply. *Sehr geehrter Herr Scheißkerl, leider bin ich für Sie nie wieder zu erreichen. Ich wünsche Ihnen derweilen, dass Sie zur Hölle fahren.* ... und das ist der nette Teil."

Sarah seufzte. „Willst du deswegen Chelsea heiraten?"

„Nein!", protestierte er. „Ich heirate sie, weil ich sie liebe."

„Bist du dir da wirklich sicher? Das solltest du nämlich sein, bevor du ihr diesen Ring an den Finger steckst."

Er blickte Sarah forschend an und schüttelte dann ungläubig den Kopf. „Wann bist du eigentlich so erwachsen geworden?"

„Jimmy, nach Mums Tod war ich völlig fertig. Total neben der Spur. Und als dann Bobby auftauchte und sich für mich interessierte, da dachte ich, dass ich all meine Trauer und meinen Frust über diese ... Ungerechtigkeit mit Mum irgendwie loswerde, wenn ich mit ihm zusammen bin." Sie schüttelte den Kopf. „Wie die Sache ausgegangen ist, weißt du ja. Aber es geht vielmehr darum, dass ich wirklich eine Zeitlang glaubte, es wäre das Richtige. Obwohl jeder Idiot gesehen hat, dass es nicht so ist."

„Und du willst jetzt der Idiot sein, der sieht, dass Chelsea nichts für mich ist?"

Sie zog abwägend die Stirn kraus. „Sinngemäß."

„Sarah, selbst wenn es so wäre: ich habe mich auf dieses Restaurant-Projekt mit ihr eingelassen. Ich habe eine gigantische Hypothek auf dem Haus deswegen. Wenn diese Sache platzt, dann sind wir nicht nur Waisen, dann sind wir Waisen, die auf der scheiß Straße sitzen."

„Und selbst wenn: das ist es nicht wert die falsche Frau zu heiraten."

Er griff nach ihrer Hand. „Sie ist nicht die falsche Frau. Und was Annabelle angeht, so verstehe ich sie. Sie will nichts mehr mit mir zu tun haben, weil ich – um deine Worte zu benutzen – nämlich der falsche Mann bin. Komm!" Er zog sie auf die Beine und umarmte sie fest. „Ich hab dich lieb, kleine Schwester!"

„Ich dich auch, hässlicher Bruder!"

„Gut, dann zieh dein erbsenschleimfarbenes Brautjungfernkleid an, und dann gehen wir heiraten."

Sarah verzog das Gesicht und ließ sich von Jimmy zum Kleiderschrank schieben.

Bevor er sich wieder seinen Vorbereitungen widmen konnte, hielt sie ihn am Arm fest.

„Eines noch", sagte sie. „Wenn du gleich in dieser kitschigen Atmosphäre mit den zweihundert Gästen, die du nicht kennst, vor der Frau stehen wirst, die du im Begriff bist, zu heiraten. Dann stell dir bitte nur eine einzige Frage ..."

Er schnaufte ungeduldig. „Und welche sollte das wohl sein?"

„Frag' dich, ob du sie jemals so sehr lieben wirst wie Annabelle."

*

Dass tatsächlich einmal dieser Hochzeitsmarsch aufgespielt würde für ihn, hatte er sich nicht träumen lassen. Und tatsächlich, wenn er sich nun den schmalen Gang hinab umblickte, der von zahllosen Reihen mit Gästen gesäumt war, die Jimmy fast alle nicht kannte, wurde ihm etwas flau im Magen.

———

Er blickte Sarah an, die nur wenige Meter von ihm entfernt stand und ihm ein aufmunterndes Lächeln zuwarf.

Plötzlich rotierten seine Gedanken, so sehr bis ihm beinah schwindlig wurde. Er hielt sich am Anblick seiner Braut fest. Chelsea, der das Humpeln fast gar nicht mehr anzusehen war, trug ihr blondes Haar in einer komplizierten Hochsteckfrisur, dazu ein eng geschnittenes, spitzenbesetztes weißes Hochzeitskleid, mit einer Schleppe, die von drei kleinen Mädchen, die Jimmy ebenfalls nicht kannte, getragen wurden. Sie war eine atemberaubend schöne Braut und das Lächeln, das sie ihm zuwarf, als sie schließlich neben ihn vor den Priester trat, war auf eine dekadente Art verführerisch.

„Ich kann nicht." Es kam ihm einfach so über die Lippen, ohne dass er es verhindern konnte.

Sarah, der Priester und Chelsea rissen die Augen gleichermaßen auf.

„Was sagst du, Liebling?", flüsterte sie.

„Ich kann nicht", wiederholte er, laut genug, dass alle im Raum es hören konnten.

Als Sarah ein triumphierendes „Ja!" ausstieß, wurde sie von der Chelsea'schen Hochzeitsgesellschaft mit Blicken erdolcht. Chelsea selbst versuchte mit einem nervösen Lächeln die Peinlichkeit des Moments zu überspielen.

„Jimmy", beschwichtigte sie. „Du bist durcheinander. Das geht vielen so vor der Hochzeit."

„Ich bin nicht durcheinander, Chelsea. Komischerweise … sehe ich plötzlich klar. Ich weiß gar nicht, ob ich überhaupt schon einmal klarer gesehen habe in meinem Leben."

Allmählich kam ihr der versöhnliche Gesichtsausdruck abhanden. „Was sagst du da?"

„Ich habe in meinem Leben viele Fehler gemacht. Kleinere und größere. Und wenn ich das jetzt wirklich

---

durchziehen würde, wäre das hier ... mein größter. Es tut mir leid." Er schüttelte den Kopf. „Und es tut mir noch mehr leid, dass mir das erst jetzt einfällt vor all den Leuten, aber ich kann einfach nicht -"

„Was sagst du da?" Sie fing nicht an zu weinen, war traurig oder enttäuscht, vielmehr begann sich auf ihrem Gesicht eine unbändige Wut abzuzeichnen.

„Ich sage, es tut mir leid. Ich -"

„Es tut dir leid?", fragte sie schon etwas lauter. „Es tut dir, verdammt nochmal, *leid?*" Jetzt schrie sie. „Ist dir klar, was passiert, wenn du das wirklich ernst meinst. Dann ist unser Restaurant-Projekt gestorben."

Er nickte bedauernd. „Ja, ich dachte mir, dass du das dann nicht mehr möchtest. Trotzdem, ich kann einfach nicht."

„Ich werde dich ruinieren, James RedCrow. Ich werde dafür sorgen, dass du alles verlierst: dein Haus, dein Restaurant, dein beschissenes letztes Hemd. Und wenn du dann in der Gosse liegst, dann werde ich lachen und auf dich spucken. Hast du mich verstanden? Niemand verlässt Chelsea Deardon! *Niemand,* der es danach nicht bitter bereut!"

Sie packte ihn mit beiden Händen am Revers und zog sein Gesicht zu sich herab. Ihrem Gesichtsausdruck nach war es nicht unmöglich, dass sie versuchen würde ihm die Nase abzubeißen. Doch stattdessen sagte sie, plötzlich wieder beherrscht mit dem Ausdruck klirrenden Eises in den Augen: „Ich werde dich fertig machen, Jimmy. Fix und fertig, bis nichts mehr von dir übrig ist, weswegen weiterzuleben, es sich lohnen würde."

Während die komplette Hochzeitsgemeinde in fassungsloses Starren verfallen war, tippte plötzlich jemand Chelsea auf die Schulter.

Wutentbrannt fuhr sie herum. „Was zum -?"

Jimmy konnte gar nicht so schnell blinzeln, wie sie mit einem Schmerzenslaut zu Boden ging. Dahinter stand Sarah, die sich mit einem halb schmerzhaften, halb triumphierenden Gesichtsausdruck die Hand ausschüttelte.

„Niemand ... droht meinem Bruder!" Sie sah zu Jimmy auf und gab ein entschuldigendes Achselzucken von sich. „Tut mir leid. Ich konnte sie von Anfang an nicht leiden."

Jimmy blickte zu Chelsea hinab, der gerade der Priester wieder auf die Beine half. Er streckte Sarah die Hand hin und sagte dabei: „Ich schätze, wir sind hier fertig."

VII

Aaron Stetson saß am Frühstückstisch und versuchte sich auf ein Drehbuch zu konzentrieren, doch wie schon seit einiger Zeit fiel ihm das unerhört schwer. seufzend sah er auf und blickte seine Frau an.

„Hast du Annabelle gesprochen in letzter Zeit?", fragte er sie.

Mary schüttelte bedauernd den Kopf. „Sie ruft mich auch nicht zurück, wenn ich sie darum bitte. Sie hat sich total eingeigelt."

„Wenn ich dieses Schwein erwische, der ihr so wehgetan hat, breche ich ihn in der Mitte durch."

„Gar keine schlechte Idee."

„*Sir?*"

Die beiden sahen zu dem neuen Angestellten auf, der eine Mischung aus Fahrer und Bodyguard war.

„Ja?"

„Ich weiß, ich soll beim Frühstück nicht stören. Aber dieser Anruf könnte Sie eventuell interessieren."

Erst jetzt sah Aaron das Telefon in seiner Hand. „Wer ist das?"

„Es ist ein Mädchen. Sie meinte, es ginge um Ihre Schwester."

„Um Annabelle?"

„Ja, Sir."

Aaron warf Mary einen kurzen Blick zu und stand auf. „Geben Sie her. Danke."

Er ging mit dem Telefon ins Wohnzimmer und setzte sich. „Hallo?"

„*Sind Sie Aaron Stetson?*", fragte das Mädchen. Dass sie aufgeregt war, war schwer zu überhören.

„Ja, das bin ich. Und wer sind Sie?"

„*Ich bin Sarah RedCrow. Gott, ich fasse es nicht, dass ich wirklich mit Aaron Stetson telefoniere. Wahnsinn.*"

Aaron zog die Stirn kraus. „Wenn das eine Masche ist, über meine Schwester an mich ranzukommen, dann -"

„*Nein! Tut mir leid. Ich bin nur so ein großer Fan und … Okay!*" Sie atmete hörbar durch. „*Also, wo soll ich anfangen … ja, genau. Ihre Schwester Annabelle, geht es ihr in letzter Zeit vielleicht nicht ganz so gut?*"

Er lehnte sich auf der Couch zurück und nickte am Telefon. „Allerdings."

„*Nun, sagen wir, ich kenne ihr Problem.*"

„Woher?"

„*Weil es mein Bruder ist.*"

„Verstehe." Aaron zog die Luft tief in seine Lungen und spürte, wie der bittere Geschmack der Wut in ihm aufstieg. „Sie können sich womöglich vorstellen, dass ich auf ihren Bruder nicht besonders gut zu sprechen bin."

„*Absolut.*"

„Und wenn das sein Versuch sein soll, an Annabelle über Sie -"

„*Nein, nein! Er weiß gar nicht, dass ich anrufe. Er würde mir wahrscheinlich den Hals umdrehen, wenn er es wüsste.*"

„Weil er mittlerweile mit einer anderen verheiratet ist?"

„*Er hat sie nicht geheiratet.*"

Aaron stockte. Jetzt wurde es interessant. „Hat er nicht?"

„*Nein. Obwohl diese dämliche Ziege ihn ruiniert hat.*"

„Und warum macht er das wohl?"

„*Weil er Annabelle liebt, der verfluchte Vollpfosten. Äh … tschuldigung. Ich meine, der Idiot.*"

Aaron lächelte. „Ich verstehe schon."

„*Und Ihre Schwester muss ihn doch auch lieben, sonst würde es ihr doch nicht so schlecht gehen.*"

„Und Ihr Bruder ist dafür verantwortlich."

„*Weil er einen großen, einen riesigen Fehler gemacht hat. Aber das*

86

kann die beiden doch nicht von ihrem Glück abhalten. "

„Ich habe meine Zweifel, dass ihr Bruder das Glück meiner Schwester sein soll."

„Weil Sie die beiden nicht zusammen gesehen haben! Sie haben es einfach beide nicht gerafft. Und mein Bruder hat es verbockt. "

Aaron blickte an die Wand, an der die Familienbilder hingen. Auf einem davon war er mit seiner Schwester abgebildet. Es war ein Bild aus glücklichen Tagen und was würde er nicht alles geben, um sie wieder so Lachen zu sehen.

„Mal angenommen, ich glaube Ihnen. Mal angenommen, Ihr Bruder liebt meine Schwester. Angenommen, er würde einen ähnlichen Fehler nie wieder machen. Und sogar angenommen, dass sie einander glücklich machen könnten: es würde mir nie im Leben gelingen Annabelle dazu zu bringen, sich noch einmal mit ihm zu unterhalten. Sie würde sich niemals darauf einlassen."

„Mr. Stetson ", sagte Sarah verschwörerisch, *„manchmal muss man Menschen zu ihrem Glück zwingen. "*

Beinah belustigt schossen seine Brauen in die Stirn. „Und wie würde das wohl von statten gehen?"

„Also, passen Sie auf ", sagte sie und holte tief Luft.

*

„Sarah, mir tun die Füße weh. Ich habe keine Lust mehr", meckerte Jimmy, während er seiner Schwester hinterher trottete. Diese marschierte mit großem Elan weiter.

„Wenn wir schon mal in New York und hier in den Filmstudios sind, dann wollen wir uns auch alles anschauen. Nur diese Halle noch, dann können wir meinetwegen etwas essen gehen."

„Halleluja", befand er und zog seinen Kragen eng

zusammen, da es anfing zu schneien. Dabei war es erst Ende Oktober. Dieses New York war wirklich das letzte, scheißkalte Drecksloch in diesem Land. Und das hatte rein gar nichts mit der Erinnerung an Annabelle zu tun. Aber wenn Sarah schon einmal eine Städtereise gewonnen hatte und ihn mitnehmen wollte, dann konnte er ja schlecht Nein sagen.

„Wow", befand sie, als sie durch das große Rolltor traten. Vor ihnen erstreckte sich eine Art Ballsaal, oder zumindest dessen täuschend echte Kulisse mit übergroßen Spiegeln an den Wänden, Kerzenhaltern, Kronleuchtern und einem marmornen Fußboden.

„Und da hinten! Schau!" Sie lief zu einer Straßenkulisse. „Kommt das nicht in irgendeinem berühmten Film vor?"

Jimmy verdrehte die Augen. „Möglich."

„Du bist ja voller Enthusiasmus. Naja, egal. Ich geh da hinten mal für kleine Squaws. Warte genau *hier*! ... sonst finde ich dich nie wieder."

Er schnaufte. „Aber beeil dich!"

Sarah flitzte los und folgte dem WC-Schild, das an der Wand hing. Als sie aus Jimmys Sichtfeld verschwunden war, rieb er sich die fröstelnden Finger und bog in seinem zu dünnen Schuhen die Zehen, die langsam taub vor Kälte wurden. Noch zwei Tage würde dieser Städtetrip dauern. Zwei Tage, an denen er im Restaurant nicht arbeiten und somit auch seinen kläglichen Versuch gegen den bevorstehenden Ruin anzukämpfen nicht vorantreiben konnte. Aber auch zwei Tage, in denen er wenigstens nicht vor irgendwelchen Bankfutzies auf den Knien herumrutschen und um eine Kreditaufstockung betteln musste. Und immerhin auch zwei Tage, in denen er keine Briefe von Chelseas Anwälten bekam, die ihm neue Drohungen und Zahlungsaufforderungen auftischten. Er gab ein Schulterzucken von sich. Naja, ein paar Vorteile hatte dieser Trip wohl offenbar doch. Wenn auch alle im Angesicht dessen verpufften, dass er so unerhört nah an Annabelle war und sie doch nicht sehen durfte.

Ungeduldig warf er einen Blick auf die Uhr.

„Sarah?" Es dämmerte schon allmählich. „Sarah, wo bleibst du denn?"

Er wartete noch zwei weitere Minuten, bevor er mit einem ungeduldigen Fluch auf den Lippen in dieselbe Richtung ging, wie sie. Vor der Damentoilette blickte er einmal nach links und rechts, ob eventuell von irgendwoher Leute kamen. Doch diese Halle schien ohnehin menschenleer zu sein. Dann schob er die Tür einen Spaltbreit auf.

„Sarah?", rief er hinein. „Was dauert denn da so lange?"

Als keine Antwort kam, öffnete er die Tür ganz. Zu seiner ehrlichen Verwunderung jedoch waren alle Kabinen leer.

Er schnaubte. Bestimmt hatte sie zurückgehen wollen und sich dabei verlaufen. Ungeduldig stapfte er den Weg zurück, den er gekommen war, da hörte er ein metallisches Zischen und dann ein Rattern. Er kannte dieses Geräusch und fing an zu laufen.

„Warten Sie!", rief er niemand bestimmtem zu. Doch gerade als er am Halleneingang ankam, schloss sich der letzte Spalt unter dem Rolltor.

Bis auf eine Leuchtstoffröhre, die irgendwo über ihm blinzelnd ansprang, war es dunkel.

„Na bravo. – Sarah? Sarah!" Er ballte die Fäuste. „*Sarah*", brüllte er, doch bekam keine Antwort. Resigniert versuchte er sich zwischen den ausufernden Kulissen zu orientieren und ging zwischen der Straßenkulisse und einem halben Wohnzimmer hindurch.

Wenn Sarah schon draußen war, würde sie dafür sorgen, dass jemand das Tor wieder öffnete, und wenn sie hier drinnen war, musste sie ihm zwangsläufig irgendwann über den Weg laufen.

Plötzlich kam ihm eine Idee. Er zog sein Handy aus der Tasche und wählte ihre Nummer. Als sie jedoch nicht abhob, tippte er eine SMS.

„Wo bist du?"

Bis eine Antwort kam, beschloss er weiterzugehen. Die Halle des Filmstudios im Halbdunkeln, mit nichts als halbfertigen Gebäuden und Zimmern und dem Klang seiner Schritte, die viel zu laut von den Wänden zurückgeworfen wurden, war beinah unheimlich. Und er hätte wirklich nichts dagegen gehabt, wenn er verdammt nochmal endlich hier herauskäme.

Plötzlich hörte er Schritte. Er blieb stehen und lauschte, um die Richtung auszumachen.

Es kam von hinter der Straßenkulisse. Erleichtert fiel er in Laufschritt.

„Sarah, Gott sei Dank, ich -"

Er blieb abrupt stehen. Genau wie sein Herz. War das eine Fata Morgana, oder …

„Annabelle?" Er traute seinen Augen nicht. „Was machst du denn hier?"

Schockiert riss sie die Augen auf. Es schien beinah als würde sie taumeln, dann fuhr sie herum und ging ohne eine Silbe gesagt zu haben, einfach davon.

Sie hätte es wissen müssen!

Sie hätte es, verdammt nochmal, wissen müssen, als Aaron sie gebeten hatte, ihr dieses dämliche Drehbuch zu bringen.

Wütend riss sie ihr Handy aus der Tasche und rief ihn an. Der konnte etwas erleben!

Oder vielmehr hätte er etwas erleben können, wenn er nur ans Telefon gegangen wäre.

———

„Du bist ein toter Mann!", smste sie ihm und sah sich nach der Tür um, durch die sie hereingekommen war. Aber als sie sie endlich erreichte, war sie verschlossen.

Mit aller Selbstbeherrschung, die sie in sich hatte, musste sie sich davon abhalten dagegen zu treten, als das sonore Piepen ihres Telefons eine eintreffende Nachricht ankündigte.

Beim Blick aufs Display blinzelte sie ungläubig. „Was?", hauchte sie.

„Das Essen steht im Kühlschrank in der Wohnzimmer-Kulisse. Der Pförtner schließt die Halle Montagmorgen auf. Schönes Wochenende!"

Es war Aarons Nummer und sie fragte sich, was für ein krankes Spiel das sein sollte.

Jimmy zu sehen war ein Schock gewesen. Ihr Herz schlug ihr immer noch bis zum Hals und wenn sie ihn auch am liebsten sofort erwürgt hätte, so war ihm doch anzusehen, dass er mindestens genauso überrascht war wie sie selbst.

„Was versuchst du hier abzuziehen?" schrieb sie.

Als könnte sie dadurch eine Antwort erzwingen, starrte sie auf das Display, auf dem sich jedoch nichts rührte, bis es sich schließlich abschaltete.

Dann plötzlich eine Nachricht. Hastig wischte sie über ihr SMS-Symbol und las.

„Wie Schatten flieht die Lieb', indem man sie verfolgt. Sie folgt dem, der sie flieht, und flieht den, der ihr folgt."

„Shakespeare?", flüsterte sie fassungslos und schüttelte den Kopf. „Seid ihr denn alle wahnsinnig geworden?"

Sie dachte nicht im Traum daran in diesem Gruselkabinett bis übermorgen auszuharren, warf das dämliche Drehbuch, das sie Aaron angeblich hatte bringen sollen in eine Ecke und machte sich auf die Suche nach einem anderen Ausgang.

Was zum Teufel sollte das denn für ein geschwollener Scheiß sein?

Jimmy starrte auf sein Display und las den Satz immer wieder. Von Sarah war das sicher nicht. Das klang eher wie ein Gedicht oder eine Zeile aus einem alten Film. Wo auch immer es herkam, Jimmy war schlau genug zu begreifen, dass er offenbar derjenige sein sollte, dem die Liebe folgte, weil er floh.

Nur er floh überhaupt nicht.

Er hatte einfach akzeptiert, dass Annabelle nichts mehr mit ihm zu tun haben wollte. Und deswegen würde er jetzt auch versuchen einen Weg hier heraus zu finden und Annabelle in Frieden lassen. Nicht dass sie noch dachte, das wäre auf seinem Mist gewachsen.

2 Stunden später

Jimmys Magen knurrte so laut, dass er einfach nicht mehr anders konnte. Er ging zurück zu dieser Wohnzimmer-kulisse und zog den brummenden Kühlschrank auf, der dort zwar reichlich deplatziert wirkte, aber zu seiner Freude proppenvoll war.

Er wusste natürlich nicht, wie Sarah das organisiert hatte, hatte aber dennoch einen Verdacht. Sie musste mit Annabelles Bruder Aaron kollaboriert haben. Er war alles andere als unbekannt und sicher nicht gut auf ihn zu sprechen gewesen. Auch wenn die Idee an sich reichlich dämlich war, war er trotzdem irgendwie stolz darauf, dass seine kleine Schwester das hinbekommen hatte.

Er riss den Schenkel von einem gigantischen Truthahn und biss hinein.

—

Noch 2 Stunden später

Es war klar, dass er zwangsläufig irgendwann auf Annabelle treffen musste, während er nach einem Ausgang aus der Halle suchte. Trotzdem schlug ihm das Herz bis zum Hals, als er sie schließlich entdeckte. Sie saß auf einer Autoattrappe in der Straßenkulisse und beobachtete ihre Beine, die vor dem Fahrerfenster herunterbaumelten.

Er fasste sich ein Herz und trat näher. Obwohl sie ihn bemerkt haben musste, sah sie nicht auf.

„Ich war das nicht", sagte er ansatzlos.

Langsam wandte sie ihm den Blick zu. Ihre Augen auf seinem Gesicht, der Ausdruck darin wühlte ihn mehr auf, als er es sich hatte vorstellen können.

„Und das glaube ich jetzt, weil du so eine ehrliche Haut bist?", fragte sie mit einem Sarkasmus, dessen Gift er zweifellos verdient hatte.

„Annabelle, ich war es wirklich nicht."

Sie blickte wieder auf ihre Beine hinab.

„Ich weiß", sagte sie dann. „Mein Bruder hat mir ein Shakespeare-Zitat geschickt."

Aha! Shakespeare! „Ja, Sarah hat mir wohl dasselbe geschickt."

Sie schwiegen minutenlang, bis Jimmy schließlich Initiative und Wort ergriff.

„Es tut mir so leid, Annabelle."

Sie blickte mit einem Ausdruck im Gesicht auf, der Wut sein wollte, aber eigentlich Schmerz war. „Das hättest du dir überlegen müssen, bevor du mir so eine Kleinigkeit wie eine Verlobte verschwiegen hast."

„Ich wollte es dir ja sagen. Aber ich habe gewartet und gewartet, bis ich es dir nicht mehr sagen konnte." Er schüttelte den Kopf. „Es tut mir wirklich leid."

„Ihr Scheißkerle seid doch alle gleich. Der einzige Unterschied zwischen meinem unseligen Mann und dir ist doch der, dass du nie versucht hast mich umzubringen." Sie lachte freudlos und sprang vom Wagen. „Wobei wir uns ja auch noch nicht so lange kennen."

„Das ist nicht fair."

Annabelle schnaufte. Das war wirklich unfair. Aber sie war so verdammt verletzt.

„Bevor ich dir all die netten Dinge an den Kopf werfe, die ich mir in den letzten Wochen überlegt habe, sollten wir unsere Zeit lieber nutzen und zusehen, wie wir hier rauskommen." Sie lächelte zynisch. „Deine Frau wird sich schon Sorgen machen."

„Ich bin nicht verheiratet." Jimmy lächelte freudlos zurück. „Sarah mag verrückte Ideen haben, aber auch sie würde mich nicht versuchen mit dir zu verkuppeln, während ich den Ring einer anderen am Finger trage."

„Du bist nicht verheiratet?" Sie wirkte ehrlich überrascht. „Warum hast du sie nicht geheiratet? Hat sie das mit … mir herausgefunden?"

„Sie wusste es in dem Moment, als sie uns gesehen hat. Es war ihr … scheißegal."

Annabelle war verblüfft, wie verbittert er klang. „Und warum hast du sie dann nicht geheiratet, wenn sie dir vergeben hat?"

„Weil ich sie nicht liebe", erklärte er schlicht. „Weil ich – und das ist wahrscheinlich der dämlichste und sinnfreiste Moment, den es gibt, um dir das zu sagen – dich liebe. Und das hat es mir tatsächlich möglich gemacht die Chelsea-Katastrophe zu umschiffen. Offenbar gibt es sogar in meinem sehr störungsanfälligen Hirn ein paar Areale, die noch funktionieren."

Er hatte sie nicht geheiratet? Er … liebte sie? Einfach so?

Er machte einen unschlüssigen Schritt auf sie zu. „Ich wollte dich nie verletzen, Annabelle."

Es sah aus, als würde sie einen Moment überlegen. Doch

dann kehrte der Ausdruck von Zorn und Schmerz zurück auf ihr Gesicht. „Das hast du aber." Indem sie tief durchatmete und sich sammelte zeigte sie auf eines der geschlossenen Rolltore. „Ich weiß, dass es irgendwo einen Raum gibt, wo man die Tore rauf- und runterlassen kann, wenn die Bedienung am Tor selbst abgeschaltet ist. Ich weiß nur nicht mehr, wo. Es muss eine schmale Alu-Treppe in den Raum führen, das ist alles, an das ich mich erinnere."

Jimmy blickte Annabelle schweigend an. Damit war das Thema für sie wohl erledigt und sie konzentrierte sich wieder auf ihre Möglichkeit zu fliehen. Resigniert ließ er die Schultern fallen.

„Sollen wir uns aufteilen?"

„Ja. Ich suche hier drüben." Sie zeigte hinter sich. „Und du gehst da vorne hin."

„Alles klar." Er machte sich auf und nahm seinen Rundgang durch die gigantische Studiohalle wieder auf. Wenn es hier irgendwo eine Alu-Treppe gab, müsste er eigentlich schon daran vorbeigekommen sein. Da er sich jedoch an keine Treppe erinnerte, spähte er in jeden Winkel und kniff im Halbdunkel konzentriert die Augen zusammen. Lange hielten sich seine Gedanken jedoch nicht an irgendwelchen Alutreppen fest. Vielmehr pochte das Bild von Annabelle in seinen Gedanken, schön wie eh und je in ihrem hellen Winterkostüm und voller Wut und Traurigkeit, wenn er in ihre dunklen Augen blickte.

Er hatte einfach alles verbockt. Von Anfang an und restlos komplett. Wenn er nur Chelsea niemals kennengelernt, wenn er sofort nach ihrem letzten Treffen zu Annabelle gereist wäre und sie getroffen hätte, dann wären sie jetzt womöglich ein glückliches Paar. Wer weiß, vielleicht hätten sie beide geheiratet.

———

Resigniert schüttelte er den Kopf.

Diese ganzen Grübeleien brachten jetzt auch nichts mehr. Jetzt ging es um Schadensbegrenzung. Genauer gesagt ging es darum den Schaden, den er bei Annabelle angerichtet hatte, zu begrenzen. Und deswegen suchte er jetzt auch nach dieser verfluchten Treppe.

Praktisch zeitgleich mit diesem Gedanken stolperte er über ein Alu-Gestänge. Er konnte sich gerade noch fangen und blickte fluchend zu Boden.

„Das gibt's doch nicht", flüsterte er und sah nach oben. „Annabelle!", rief er dann. „Ich habe deine Treppe gefunden."

Keine fünf Sekunden später erreichte sie ihn.

„Wo?", fragte sie atemlos.

Augenscheinlich hatte sie es so eilig von ihm wegzukommen, dass sie durch die ganze Halle gesprintet war. Verbittert zeigte er vor seine Füße. Annabelles Blick folgte seinem Arm und verfinsterte sich.

„Das gibt's doch nicht."

„Ja, das habe ich mir auch gedacht." Resigniert blickte er auf das zersägte Alu-Gestänge. „Unsere Geschwister haben dieses Vorhaben offenbar gründlicher geplant, als ich dachte."

Annabelle nickte und zeigte nach unten. „Da hängt ein Zettel dran." Sie bückte sich, nahm das kleine Stück Papier und faltete es auseinander.

Neugierig linste ihr Jimmy über die Schulter. Als er ihr dabei zu nahe kam, warf ihm Annabelle einen bösen Blick zu.

„Tut mir leid. Ich will nur wissen, was drauf steht."

Annabelle las und lachte freudlos. „Unfassbar", zischte sie und gab ihm den Zettel. Er las und musste beinah lachen.

„Das ist zumindest nicht Sarahs Schrift", erklärte er.

„Nein. Das ist Aarons Sauklaue." Sie riss ihm den Zettel aus der Hand und fetzte ihn in tausend kleine Teilchen, die sie dann auf den Boden fallen ließ. „Und was machen wir jetzt?"

Jimmy warf einen Blick zu der schmalen Tür, die in etwa zweieinhalb Metern Höhe in den kleinen Kontrollraum führte. „Ich … könnte versuchen dich hochzuheben."

Annabelle zog die Stirn kraus. „Und dann?"

„Ziehst du dich hoch, suchst den Schalter, der die Tore öffnet, und bist auf alle Zeit von meiner grässlichen Gesellschaft befreit."

„Klingt phantastisch", entgegnete sie bissig und zog sich ihre Stiefel aus.

Jimmy starrte auf ihre schlanken Beine, die in winterlich gemusterten halbblickdichten Strumpfhosen steckten. Darüber trug sie einen knielangen, leicht ausgestellten Tweet Rock.

Unweigerlich schlichen sich die Bilder ihres nackten Körpers zurück in seine Gedanken. Seine Finger kribbelten, als er sich an das Gefühl ihrer glatten Haut erinnerte, ihres seidigen, feuchten Haares.

„Starrst du mich an?"

„Äh … ja. Tut mir leid." Er räusperte sich. „Am besten mache ich einen Steigbügel und du ziehst dich an dieser Stange da hoch."

„Ich bin kein Idiot. Ich weiß selbst, dass ich mich an dieser Stange hochziehen muss."

Er hob abwehrend die Hände. „Bitteschön, Frau Professor. Ich wollte nur einen Vorschlag machen."

Sie kochte so sehr vor Wut, dass sie nicht wusste, ob sie lauthals losschreien oder hysterisch lachen sollte.

Sie entschloss sich beides zu unterlassen und kam zu Jimmy.

Ihr Herz schlug ihr hart in der Brust, als er ihr so nahe war. Der Duft seines Körpers stieg ihr in die Nase und als er sich hinabbeugte, nahm sie der Blick auf seinen breiten Rücken gefangen.

Blödsinn!, schalt sie sich und stellte ihren Fuß in seine verschränkten Hände. „Auf drei! Eins, zwei …"

Er riss plötzlich die Arme und damit ihren Fuß in die Höhe, so dass Annabelle mit einem überraschten Laut förmlich nach oben katapultiert wurde und sich gerade noch an der Metallstange festhalten konnte, um nicht irgendwohin geschleudert zu werden.

Wütend funkelte sie nach unten.

„Ich sagte doch, auf drei!"

„Wir waren doch bei drei!"

„Ich war bei zwei! Bei *zwei*", schrie sie, als ob die Zukunft der Menschheit von dieser bescheuerten Zählerei abhing.

„Tut mir leid."

„Verdammt nochmal!"

„Sonst hatten wir bei der Gleichzeitigkeit doch auch keine Abstimmungsprobleme."

„Jimmy!" Sie war so zornig, dass sie mit ihrem freien Fuß herumruderte und dem erstickten Fluch nach zu urteilen, der von unten kam, auch traf. „Und wage es ja nicht, mir unter den Rock zu sehen."

„Warum? Soll ich dieses weinrote Spitzenhöschen etwa nicht sehen?"

Diesmal trat sie fester zu, traf und brachte Jimmy zum Schweigen. Zumindest kurzfristig.

„Jetzt, wo du mir die Nase gebrochen und die Schneidezähne ausgetreten hast, könntest du dich womöglich mal nach oben ziehen?"

———

Da ihr leider keine bissige Bemerkung einfiel, tat sie es einfach und hangelte sich auf das unbequeme Gitter, das vor dem kleinen Schaltraum als Boden diente.

Jimmy wartete ab, während Annabelle die schmale Tür öffnete und in den Raum trat. Der Fluch, der kurze Zeit später zu hören war, verhieß nichts Gutes.

Als sie herauskam, hatte sie wieder einen dieser Zettel in der Hand.

„Lass mich raten", sagte er. „Du kennst die Schrift?"

„Mein Bruder ist fällig", maulte sie und warf den Zettel, auf dem stand

„Ich sagte doch: netter Versuch!"

achtlos auf den Boden.

Sie setzte sich auf das Gitter und streckte die Arme von sich. „Ich springe jetzt."

„Ich fang dich auf."

Das war doch jetzt auch schon egal, dachte sie und sprang Jimmy in die Arme, der sie zuverlässig auffing und ohne Verzögerung abstellte.

„Heißt das jetzt, dass wir hier wirklich bis Montag festsitzen?", fragte sie.

„Wir könnten die Polizei anrufen, dass sie uns hier rausholt."

„Wenn das die Presse mitkriegt, steht das einen Tag später in allen Zeitungen. Hast du vergessen, wer mein Bruder ist?"

„Wie könnte ich. Es ist der Kerl, der mit meiner Schwester kollaboriert und uns hier festhält, als wären wir ein paar Karnickel, die man nur lange genug in einen Stall zusammensperren muss, damit sie übereinander herfallen."

Annabelle schnaufte. „Also", sagte sie, „wenn es wirklich so ist, dass wir hier festsitzen, dann schlage ich vor, dass sich jeder einen Platz in dieser Halle sucht und wir einfach bis Montagmorgen ausharren. Und wenn die Tore dann endlich wieder hochfahren, gehen wir unserer Wege und vergessen dieses unglückselige Vorhaben unserer Geschwister."

„Sie meinen es ja nur gut", entgegnete Jimmy.

„Wenn mein Bruder es wirklich gut mit mir meinen würde, dann würde er mich nicht mit dem Kerl in ein Filmstudio einsperren, der mich flachgelegt hat, obwohl er nebenbei noch eine Verlobte hatte."

„Eigentlich", erwiderte Jimmy mit einem sarkastischen Lächeln, „hast du mich flachgelegt."

Sie kniff die Augen zusammen. „Das soll wohl ein Witz sein! Ich hatte blaue Flecken."

„Und ich Kratzer." Er lächelte wehmütig.

Für einen Sekundenbruchteil meinte Jimmy ein Zucken in ihren Mundwinkeln gesehen zu haben. Doch die Verbitterung wischte die freudige Erinnerung augenblicklich fort.

„Ich hole mir etwas aus dem Kühlschrank und dann verziehe ich mich", sagte sie.

Mit diesen Worten packte sie ihre Stiefel und ging auf Strümpfen davon.

Jimmy blickte ihr fröstelnd nach. Es war schon beinah Mitternacht und neben der Tatsache, dass er mit der Frau, die er ergebnislos liebte, in einer Halle eingesperrt war, fror er, war hungrig und müde.

Zwangsläufig führten ihn diese Dinge wieder zurück zum Kühlschrank. Wenn er hier schon gegen seinen Willen festsaß, dann wollte er dabei wenigstens satt sein.

Annabelle knöpfte sich ihre Jacke zu und schlug das Revers hoch. Wenn sie gewusst hätte, dass ihr Bruder sie über Nacht im Studio einsperren würde, hätte sie sich wärmer angezogen. Sie setzte sich auf den Beifahrersitz der Autoattrappe und verschränkte die Arme vor der Brust.

Er hatte tatsächlich gesagt, dass er sie liebte. Einerseits war sie ehrlich baff gewesen über sein Geständnis, andererseits kam all dies leider viel zu spät. Zu spät für sie, zu spät für ihn, für seine Verlobte und ihre ganze Geschichte.

Am Liebsten, auch wenn sie das vor ihm nie zugegeben hätte, würde sie die Zeit zurückdrehen zu dem Augenblick, als sie vor über einem Jahr auseinandergegangen waren. Sie hätte ihn treffen sollen. Nach ihrem Unfall hätte sie die Möglichkeit gehabt die Reha für ihr Bein in der Nähe des Reservats zu machen und sie hätte sie verdammt nochmal nutzen sollen.

Sie stützte das Gesicht in die Hände und ermahnte sich, nicht zu weinen. Sich mit einem Mann einzulassen, dem man nicht vertraute, was sollte das schon für einen Sinn machen ...?

Plötzlich stieg ihr ein merkwürdiger Geruch in die Nase. Sie hob den Kopf und schnüffelte. Der Geruch war vertraut. Es roch ... verbrannt!

Aufgeschreckt riss sie die Autotür auf und stürmte aus der Straßenkulisse.

„Jimmy?", rief sie. „Ist alles in Ordnung?" Sie lauschte und sah hin und her, doch konnte nicht ausmachen, woher der Brandgeruch kam. *„Jimmy?"*

Die Angst, dass ihm etwas passiert sein könnte, rollte mächtig durch ihre Venen und ließ sie blind in eine beliebige Richtung loslaufen. Der eisige Betonboden unter ihren Füßen, die nur in den dünnen Strumpfhosen steckten, schmerzte und ließ sie noch schneller durch die gruseligen, toten Kulissen eilen.

„Jimmy?", rief sie noch einmal, schoss um eine Ecke und blieb schlagartig stehen.

Er war gerade dabei eine der Holzkulissen zu zerbrechen

und warf sie auf einen kleinen Papphaufen, den er entzündet hatte. Etwas überrascht blickte er sie über die Schulter an.

„Hi", sagte er.

Atemlos schüttelte sie den Kopf. „Was machst du denn da?"

„Feuer." Er warf die Bretter auf die brennende Pappe. „Ich dachte, der Anblick wäre selbsterklärend."

Ihre Schultern sackten herab und der dringende Wunsch ihm für seinen Sarkasmus eine zu knallen mischte sich mit der Erleichterung, dass ihm nichts passiert war.

Er zeigte auf ihre Füße. „Wo sind deine Schuhe?"

„Im Auto."

„Welchem Auto?"

„Hinten in der Kulisse."

Er nickte, drehte sich einmal um die eigene Achse und ging dann zu einem Stapel Stühle. Er holte einen davon herunter und stellte ihn neben dem Feuer ab.

„Meine Mutter hat vielleicht einen Scheißkerl großgezogen, aber Manieren hat sie mir trotzdem beigebracht. Bitteschön."

„Jimmy." Sie wollte nicht, dass er diese Sache mit seiner verstorbenen Mutter in Verbindung brachte.

„Na los. Setz dich! Sonst verklagst du mich auch noch, weil du dir meinetwegen die Zehen abfrierst."

Sie runzelte die Stirn. „Wer verklagt dich denn sonst noch?"

„Hier", wiederholte er. „Setz dich."

Zögerlich ließ sie sich auf den Stuhl nieder. Die Wärme streichelte ihre Haut und floss wie eine sanfte Berührung durch ihren Körper. „Und du? Ist dir nicht kalt?"

„Doch. Ich mache mir da hinten ein anderes Feuer."

Es ärgerte sie beinah, dass er sich nun plötzlich so strikt nach ihren Wünschen richten wollte.

Außerdem war es kindisch.

„Das ist doch lächerlich. Nimm dir einen Stuhl und setz dich." Sie sah nach oben. „Hier muss es doch Feuermelder geben."

„Da oben ist einer", antwortete er. „Allerdings fürchte ich, dass unser kleines Feuer nicht reicht, um den Alarm auszulösen und da mir etwas an meinem – wie du weißt, verkommenen – Leben liegt, wollte ich die Flammen nicht zu sehr ausweiten."

„Nimm dir einen Stuhl."

„Ist das ein Befehl?", fragte er bissig.

„Allerdings."

Tatsächlich gehorchte er und holte sich ebenfalls einen der schlichten Holzstühle. In gebührendem Abstand von ihr stellte er ihn auf, nachdem er noch ein paar Bretter ins Feuer geworfen hatte.

Annabelle rieb ihre Hände ineinander und streckte sie dann den Flammen entgegen.

„Wie haben sie dich hierher gelockt?", fragte sie Jimmy nach einiger Zeit.

„Sarah hatte angeblich eine Städtereise gewonnen." Er schüttelte den Kopf. „Ich hätte skeptisch werden müssen, weil sie wollte, dass ausgerechnet ich sie begleite."

„Warum?"

„Würdest du mit deinem großen Bruder verreisen wollen?"

Annabelle lachte freudlos. „Ich wohne mit meinem großen Bruder im selben Haus."

„Tatsächlich?", fragte Jimmy. „Das wusste ich gar nicht."

„Es ist manchmal etwas … umständlich mit einem Hollywood-Star zusammenzuwohnen. Aber wenn er nicht gerade so einen Blödsinn veranstaltet wie mit uns hier, liebe ich Aaron wirklich sehr."

„Ja, das haben sich die beiden wirklich schlau überlegt."

Jimmy seufzte. „Da hinten habe ich einige Decken gesehen. Wenn du dir die ans Feuer legst, hast du es ganz bequem, schätze ich."

„Und was machst du?"

„Ich nehme mir eine Decke und lege mich dort hinten auf die Couch neben den Kühlschrank."

Weit genug von ihr entfernt. Sie nickte. „Ja, ist gut."

„Also dann ... Brauchst du noch etwas zu essen?"

„Danke, nein. Ich bin nicht hungrig."

Er sah ihr fest in die Augen. Etwas lag darin, das so dringlich war, das sie beinah gefragt hätte, was er auf dem Herzen hatte. Doch sie konnte es sich in etwa vorstellen und wusste, dass sie ihm nicht helfen konnte.

„Schlaf gut, Anni."

Sie nickte und hatte plötzlich Tränen in den Augen, von denen sie hoffte, dass er sie nicht sah. „Ja, du auch."

*

Jimmy rollte eine der muffigen Decken unter seinem Kopf zusammen und zog die Beine auf der abgewetzten Couch an. Er starrte in das Halbdunkel der Halle und sah Annabelle vor sich, als wäre sie tatsächlich bei ihm.

Für einen Moment hatte sie ihn fast wieder so offen angeblickt, wie vor dem Aufeinandertreffen mit Chelsea. Für einen winzigen Augenblick hatte er fast zu hoffen gewagt, dass der irrwitzige Plan seiner Schwester tatsächlich irgendwie aufgehen würde. Doch dann hatte er begreifen müssen, dass er es nicht tat; dass er es niemals tun würde.

Jemandes Vertrauen, das musste er in diesem Moment bitter begreifen, missbrauchte man nur ein einziges Mal.

Er nahm noch einen letzten Schluck aus der Rotweinflasche, die er zum Aufwärmen geköpft hatte, und schloss dann die Augen.

Als ihn ein Geräusch wieder aufwachen ließ, war er kurz so orientierungslos, dass er fast von der Couch fiel. Er blinzelte ins Halbdunkel und sah Annabelle, die mit einer Flasche Coke und einem Stück Truthahn ertappt in der Bewegung verharrte.

„Tut mir leid, dass ich dich geweckt habe. Ich hatte Hunger."

„Kein Problem." Der Kopf schwirrte ihm ein bisschen. Ganz offenbar hatte er zu viel von dem Rotwein getrunken, der ihn eigentlich nur aufwärmen sollte. „Tu einfach, als ob ich gar nicht da wäre."

Das kann ich nicht, dachte sie sich und seufzte. „Es ist schon Morgen."

„Immerhin." Er setzte sich auf und bog den schmerzenden Rücken durch. Eine Springfeder hatte sich in seine rechte Niere gebohrt und hinterließ einen dumpfen Schmerz in seiner Seite. Zu seiner Verwunderung blieb Annabelle vor ihm stehen und blickte auf ihn herab.

„Wie ging das mit Sarah und diesem schießwütigen Idioten eigentlich aus?", fragte sie.

Jimmy zog überrascht die Stirn kraus, wollte sich aber nicht anmerken lassen, wie sehr er sich über ihr Interesse wunderte.

„Die Verkäuferin hat Gott sei Dank überlebt, also steht Bobby wohl nur eine mehrjährige Haftstrafe ins Haus. Wie sich mittlerweile herausgestellt hat, hat er genau diese Masche schon mit zwei anderen Mädchen vor Sarah durchgezogen." Er atmete tief durch. „Und Sarah verrichtet 20 Sozialstunden. Sie ist zwar freigesprochen worden, aber wollte das trotzdem machen, weil sie sich schuldig fühlt. Also alles soweit im Lot. Ein Scheißkerl weniger, der in den nächsten Jahren Schaden anrichten kann."

„Es gibt solche und solche Scheißkerle."

„Oh", antwortete er sarkastisch. „Die Klassifizierung überlasse ich dir."

„Du hast ja wohl sicher keinen Grund beleidigt zu sein. Schließlich hast du mich belogen und betrogen."

„Und das war der größte Fehler meines Lebens", antworte er aufgewühlt. „Aber ich kann die Zeit nicht zurückdrehen. Wenn ich es könnte, würde ich sie so weit zurückdrehen, dass wir wieder in diesem Krankenzimmer sind und Schach spielen. Ich würde dir sofort sagen, dass ich dich liebe. Ich würde all den Mut, den ich damals nicht hatte, zusammennehmen und es einfach hinausposaunen. Ich würde Chelsea niemals näher kennenlernen. Ich würde Rückhalt haben nach dem Tod meiner Mutter. Ich würde jemanden haben, der zu mir gehört, wie Sarah es tut; jemanden, der mich zum Lächeln bringt in der schwersten Zeit meines Lebens. Ich hätte eine Zukunft gehabt, auf die ich mich freuen kann." Er sah sie fest an und fixierte ihre dunkelbraunen Augen. „Ich konnte mir alles vorstellen mit dir, Annabelle. Einfach alles. Und ich *wollte* alles. Alles von und mit dir. Aber ich war einfach zu blöd es rechtzeitig zu bemerken. Mit meinen lockeren Sprüchen komme ich ein Stückweit. Aber lockere Sprüche helfen nicht, wenn man es ernst meint. Wenn man noch nie etwas so ernst gemeint hat. Wie verpackt man in einen lockeren Spruch, dass man jemanden, den man kaum kennt, plötzlich an seiner Seite braucht und nie mehr gehen lassen will?" Er schnaufte und fuhr sich mit beiden Händen durchs Haar. „Wie sagt man das, Annabelle? *Wie?*"

Sie blickte ihn schockstarr an. „Keine Ahnung", gab sie zögerlich zurück. „Wahrscheinlich so ähnlich, wie du es grade getan hast."

Er nickte schweigend, während Annabelle einen halben Schritt auf ihn zu machte.

„Aber wie sagt man jemandem, den man so gern mochte, dass man endlich wieder bereit war Vertrauen zu schöpfen, das einen schon einmal beinah alles gekostet hatte, dass man es nicht erträgt von genau diesem Menschen hintergangen zu werden. Wie sagt man demjenigen, dass man ihn hassen möchte, aber nicht hassen kann und dass man trotzdem das Risiko nicht mehr eingehen kann ihm zu vertrauen. Was ist denn Liebe wert ohne Vertrauen?"

Er blickte sie offen an. „Vermutlich nicht viel." Seufzend rutschte er etwas zur Seite. „Du brauchst nicht woanders hingehen, um zu essen. Wenn du willst, setz dich zu mir."

Unschlüssig blickte sie auf ihn hinab, dann auf die ranzige Couch.

„Ich setzte mich hierhin", sagte sie und zeigte auf einen Sessel, der der Couch schräg gegenüberstand. So bestand wenigstens keine Gefahr eines Körperkontaktes, von dem sie nicht wusste, wohin er führen würde, so aufgewühlt, wie sie im Moment war.

„Okay." Er stand auf. „Ich hole dir eine der Decken."

„Dankeschön." Sie ließ sich auf den Sessel nieder und spürte, wie er plötzlich nach hinten kippte. Sie wollte sich noch ausbalancieren, doch es war zu spät. Truthahnflügel und Coke flogen durch die Luft, während Annabelle aussichtslos um ihr Gleichgewicht kämpfte. Sie fiel rücklings aus der Kulisse und schlug hart mit dem Hinterkopf auf dem Betonboden auf.

Jimmy rief irgendetwas und zog sie im nächsten Moment in eine halbsitzende Position.

„Ist alles in Ordnung?", fragte er besorgt.

„Ja, bestens." Sie hob die Hand und befühlte ihren Kopf.

„Wie viele Finger siehst du?" Er hielt ihr die Hand vors

Gesicht und zeigte fünf.

„Finger?", fragte sie.

Er stieß ein erschrockenes Geräusch aus.

„Schon gut! Ist nur ein Witz, Jimmy. Es geht mir gut. Es sind fünf Finger. Fünf! Und jetzt hilf mir hoch." Erst als sie sich aufsetzen wollte, bemerkte sie, dass er sie nicht nur stützte, sondern sie halbsitzend auf seinen Schoß gezogen und mit beiden Armen festumklammert hielt.

„Jimmy", sagte sie und blickte zu ihm auf. Sein Gesicht war ihr so nah, dass sie ihr Spiegelbild in seinen schwarzen Augen schimmern sah. „Du sollst mich loslassen."

Er erwiderte ihren tiefen Blick. „Habe ich das noch nicht?"

„Ich … ich glaube nicht. Nein."

„Oh. Okay." Der Griff um ihren Brustkorb wurde leichter und verschwand schließlich ganz. Doch sie saß immer noch auf seinem Oberschenkel und blickte ihn regungslos an.

Auf einmal fühlte sich seine Nähe mächtig an. Ihre Sinne schärften sich auf seinen Geruch, seine Atmung. Sie sah den Puls an seiner Halsschlagader rasen, betrachtete den eleganten Schwung seines Kiefers, die Rundung seiner Lippen. Alles, was sie sah und fühlte, ließ sie das große Neonschild in ihrem Kopf, auf dem in Rot das Wort *Katastrophe* stand, übersehen. Und als er ihr eine Strähne aus dem Gesicht strich, schloss sie für einen verhängnisvollen Moment die Augen. Ein Moment, der lang genug war, um ihm die Chance zu geben sie zu küssen.

Sie schlang in einer instinktiven Geste die Arme um seinen Nacken und erwiderte seinen leidenschaftlichen Kuss mit einer Hingabe, die er nicht erwartet hatte.

Als er sich mit dem letzten Rest Selbstbeherrschung von ihr löste, um sie anzusehen, waren ihre Wangen rosig und ihre Augen glasig.

„Wenn ich aufhören soll, musst du es mir *jetzt* sagen", brachte er heiser hervor.

Sie nickte. „Okay."

„Also ... soll ich aufhören?"

Für einen kurzen Moment verharrte sie regungslos, dann mit einer Plötzlichkeit, die ihn beinah erschreckte, riss sie an seiner Jacke, bis der Reißverschluss knackend kapitulierte, schob sie ihm über die Schultern hinunter und küsste ihn hart.

„Ich werte das als *Nein*", brachte er schwer atmend hervor und vollendete an seiner Jacke, was Annabelle begonnen hatte, schob sie sich über die Schultern hinab und half ihren vor plötzlicher Begierde zitternden Fingern sein Hemd aufzuknöpfen.

Was ihr Verstand um jeden Preis vermeiden wollte, verlangte ihr Körper so bedingungslos, dass sie ihm nachgab. Sie wusste nicht wie, doch es dauerte nur Sekunden, bis sie beide nackt waren. Sie spürten weder die eisige Kälte der Halle noch die Härte des Bodens unter ihnen. Annabelle spürte nur die Hitze seiner Haut, seine gleißende Berührung, seinen Atem und das verlangende Pochen in ihrem Schoß.

Sie stieß Jimmy in ihrer ungestümen Gier auf den Rücken, weidete sich am Anblick seines schönen Körpers und seiner pulsierenden Lust. Mit einer genießerischen Geste umfasste sie ihn, brachte Jimmy zum Aufkeuchen und sog seinen begierigen Gesichtsausdruck in sich auf. Als sie sich über ihn beugte, fühlte sich der Wunsch mit ihm zusammen zu sein an wie eine Droge. Und das lag nicht allein an dem Brennen, das seine Hände auf ihrer Haut hinterließen, an seinen Lippen, die ihre Brüste liebkosten, während sie sich auf seinen Bauch setzte.

In ihrem Rücken spürte sie seine Härte, seine Hände lagen auf ihren Hüften und seine Lippen ... ; seine Lippen waren überall auf ihrem Oberkörper.

Sie tastete hinter sich und umfing ihn von neuem; streichelte ihn, schob die samtige Haut über den harten Kern, bis er an ihrer Brust aufstöhnte vor Begierde und sich der Griff an ihren Hüften so sehr verstärkte, dass es wehtat.

Sie wollte ihn reiten. Sie wollte ihn unter sich zum Schreien bringen, ihn nehmen aus einer lustvollen Wut heraus, die sie sich nicht erklären konnte und eigentlich auch nicht erlauben wollte. Und doch erhob sie sich über ihm, bewegte ihr Becken zurück und schloss die Augen, während die Spitze seiner Erektion ihre nassen Scham-lippen teilte.

Ihr Körper bebte unkontrolliert, als sie sich langsam auf ihn herabließ, sich auf das Gefühl konzentrierte, wie er sie Zentimeter für Zentimeter dehnte und ausfüllte, bis sie beinah das Gefühl hatte, sie würde zerreißen.

Bis zur Wurzel nahm sie ihn in sich auf und genoss es für einen langen Moment ihn in sich zu spüren, bis ihr Körper sie drängte sich zu bewegen und endlich die Lust in einem Höhepunkt zu vollenden, den sie so sehr brauchte.

Als sie die Augen öffnete, betrachtete Jimmy sie schweigend. Seine Hände lagen auf ihrer Hüfte und es schien als würde er sich für sie zurückhalten, um ihr die Führung zu überlassen. Sie kippte das Becken ab und keuchte auf. Die Reibung in ihrem Inneren war berauschend und pur.

Annabelle beugte sich weit nach hinten, stützte sich auf seinen Oberschenkeln auf, erhob sich leicht und ließ sich wieder herab. Eine vorsichtige Bewegung, die sie beide aufstöhnen ließ; die sie beide mehr verlangen ließ und

Annabelle dachte nicht einmal daran, es ihnen vorzuenthalten. Sie beugte sich tief über Jimmy und küsste ihn, während sie das Becken anhob und wieder absenkte. Der Irrsinn, der in ihrem Schoß tobte, machte ihren Atem unregelmäßig und sorgte dafür, dass ihr am ganzen Körper der Schweiß ausbrach.

Jimmy packte sie im Nacken und schlang seine Faust um ihre Haare, bog ihren Kopf daran zurück, bis er ihr in die Augen sehen konnte.

„Du bist so schön", sagte er und stieß von unten in sie, beobachtete, wie sich ihr mühsam beherrschter Gesichtsausdruck in Lust auflöste, wie ihr Körper schmolz und sich seinem willig anpasste, bis sie wahrhaft eins waren.

Seine Finger bohrten sich in ihre Hüften und feuerten sie an ihm bei jeder Bewegung entgegen zu kommen. Er folgte der festen Rundung ihres Pos und wirbelte sie herum, bis sie unter ihm lag.

Dann glitt er aus ihr heraus und küsste eine hitzige Spur über ihren Oberkörper und Bauch bis hinab zu ihrem Schoß. Als er zwischen ihren Beinen ankam, presste er ihren Unterleib mit beiden Händen fest auf den Boden. Seine Lippen berührten ihren empfindlichsten Punkt und sie schrie auf. Das Gefühl war der köstlichste Wahnsinn, den es gab und irgendwo in ihrem Hinterkopf lebte der Gedanke auf, dass sie sich nun tatsächlich zwischen ihm und dem Boden vor Lust wand.

Gleichzeitig wollten sich andere, schlechte Gedanken in den Vordergrund schieben; Gedanken, die sie fragten, was um alles in der Welt sie tat.

Doch Jimmys Berührung spülte alles fort.

Seine Zunge teilte ihre feuchten Blütenblätter, saugte an ihrem geschwollenen Fleisch, bis sie sich nur noch hilflos in sein Haar krallen und sich ihm entgegenrecken konnte.

„Hör nicht auf", flüsterte sie. „Jimmy, bitte … ich

brauche … ich …"

Ehe sie den Satz vollenden konnte, wurde sie herumgewirbelt. Plötzlich war er hinter ihr, riss ihre Hüften grob zu sich hinauf und drang ohne Vorwarnung hart in sie ein.

Sie schrie auf und stemmte sich mit aller Kraft gegen ihn. Er war so tief in ihr und jeder Stoß war in dieser Stellung noch intensiver, noch befreiender, noch … hemmungsloser.

Wieder spürte sie seine Hand in ihrem Haar. Er riss ihren Kopf zurück, weit genug dass er sie küssen konnte, wenn er sich über sie beugte, ohne seinen Rhythmus zu verändern oder gar zu unterbrechen. Seine heißen Lippen tranken das lustvolle Stöhnen aus ihrem Mund, seine Zunge leckte den Schweiß von ihrem Nacken und seine Hände fanden ihre Brüste, reizten die harten Knospen, bis sie es kaum noch ertrug.

Wenn sie sich Jimmys hartes Glied vorstellte, das er in diesem halsbrecherischen Tempo wieder und wieder in ihr versenkte, da wollte sie ihn auf mehr als diese Art spüren.

Sie entzog sich ihm und drehte sich schnell auf den Knien um. Bevor er noch etwas sagen oder tun konnte, umfasste sie ihn, stieß Jimmy wieder auf den Rücken und beugte sich tief hinab. Seine Erektion war gewaltig, von dicken Adern überzogen und glitzerte heiß von ihrer eigenen Feuchtigkeit. Mit einem Zungenschlag reizte sie seine Eichel, brachte seine Hüften dazu wild zu zucken.

Langsam und genüsslich sog sie ihn zwischen die Lippen so weit es ging, strich mit der Zunge an der Unterseite seines Schaftes entlang und hörte sein hilflos erregtes Keuchen. Plötzlich waren seine Finger in ihrem Haar. Weniger ein Befehl, als eine Bitte und sie erfüllte sie nur zu gerne.

———

Langsam ließ sie ihn wieder herausgleiten, züngelte über die Spitze, umfing sie mit den Lippen, verstärkte den Druck bis er aufstöhnte und nahm ihn wieder in den Mund.

Ihre Finger fanden seine prallen Hoden, streichelten über die weiche Haut, kneteten sie vorsichtig, während sie einen Takt fand, indem sie ihn wieder und wieder zwischen ihre Lippen sog.

Jimmy bebte, seine Hüften zitterten. Er war so kurz davor zu kommen, nur einen Wimpernschlag davon entfernt, als er Annabelle buchstäblich von sich fortriss.

Keuchend versuchte er sich zu sammeln, während sie vor ihm saß und nicht weniger außer Atem war. Ihre Lippen glänzten, die dunkle Haut, die sich über ihren makellosen Körper spannte war von einem dünnen Schweißfilm überzogen und eine einzelne Strähne hing in ihr erhitztes Gesicht. Er hob sie hoch und setzte sie auf den runden Tisch in der Kulisse, schlang sich ihre Beine um die Hüften und drang in sie ein.

Annabelle klammerte sich an ihn, während er einen drängenden Takt fand und ihm willig folgte. Ihre Körper bewegten sich fiebrig, ihre Münder fanden sich immer wieder zu einem kurzen Kuss, bis Jimmys heftige Stöße sie wieder auseinanderrissen. Der Rausch steuerte auf den Höhepunkt zu. Unvermeidlich wie ein Boot auf den Abgrund eines Wasserfalls.

Sie grub ihre Nägel in seinen Hintern, während sie sich mit der anderen Hand an seinen Nacken krallte, spreizte die Beine weit, wollte diesen Irrsinn, brauchte ihn.

Jimmy hämmerte in sie, verlor sich völlig, spürte weder den Schmerz in seinen Muskeln noch das Brennen in seinen Lungen, er spürte nur Annabelles Körper und seinen, den nahenden Orgasmus und den ihren. Er wollte sie kommen lassen, heftig und bebend. Sie sollte schreien von der Lust, die er ihr schenkte und mit einem zufriedenen Knurren sah er, wie ihr Kopf in den Nacken fiel, sich ihre Muskeln anspannten, ihr Keuchen zu einem Stöhnen wurde, das genau in dem Moment in einem Schrei gipfelte, als ihn sein eigener Orgasmus überrollte.

Er pumpte mit tiefen Stößen in sie hinein, während ihr Körper zitterte und krampfte, bis sie beide völlig erschöpft miteinander zu Boden sanken.

*

Annabelle saß mit angezogenen Beinen auf dem Boden, hielt ihr hastig zugeknöpftes Kostüm über ihrer Brust fest und starrte ins Leere.

Jimmy wiederum starrte sie an. Er konnte an ihrem Gesichtsausdruck ablesen, was sie dachte.

„Du hältst es für einen Fehler, nicht wahr?", fragte er gefasst.

Es fiel ihr schwer die Tränen zu unterdrücken, doch sie tat es und nickte.

„Ich habe mich … hinreißen lassen. Das tut mir leid. Und auch, dass ich dir falsche Hoffnungen damit gemacht habe. Aber es hat sich nichts geändert. Ohne Vertrauen macht ein Zusammenleben für mich keinen Sinn."

Er betrachtete sie schweigend. Bei dem Gedanken sie nie wieder umarmen zu dürfen, sie nicht an seiner Seite zu haben, wie er es sich so bedingungslos wünschte, brach ihm auf eine Art das Herz, die ihm den Atem raubte.

„Gibt es denn keine Möglichkeit", fragte er, „wie ich dein Vertrauen … zurückgewinnen könnte?"

Sie sah ihn fest an und als sie kurz schwieg, setzte er nach.

„Es ist mir egal, wie und wie lange es dauert."

„Jimmy …"

Bevor sie ihren Satz beenden konnte, war plötzlich ein lautes Rattern zu hören.

Sie wussten beide, dass es das Rolltor war. Jimmy war klar, dass sie ihm nicht mehr antworten würde. Er stand auf und hielt ihr die Hand hin, um ihr aufzuhelfen.

„Komm", sagte er.

Sie ließ sich von ihm auf die Füße ziehen und folgte ihm zum Tor.

Dort warteten schon Sarah und Aaron. Vor allem Sarah sah ihnen erwartungsvoll entgegen. Und als ihr Blick auf Jimmys Hand fiel, die noch immer die von Annabelle festhielt, strahlte sie.

Ein Strahlen, das sofort verblasste, als er sie losließ. Er blickte sie fest an und hoffte damit mehr sagen zu können, als es ihm mit Worten möglich war. Wenigstens seine Augen sonderten keine lockeren Sprüche ab.

Sie nickte und ging zu ihrem Bruder, während er wortlos Sarah am Ärmel nahm, Aaron keines Blickes würdigte, und sie davonzog.

„Hat es funktioniert?", fragte sie ihn, als sie weit genug weg von Aaron und Annabelle waren.

Er schüttelte den Kopf. „Unfassbar, dass du so einen Irrsinn auf die Beine gestellt hast."

„Also hat es nicht funktioniert?" Sie klang so enttäuscht, dass er nun sogar meinte sie trösten zu müssen. Wo er selbst doch weiß Gott auch Trost hätte gebrauchen können.

„Nein, hat es nicht. Und jetzt komm schon." Er warf noch einen letzten Blick über die Schulter und versuchte sich Annabelles Anblick einzuprägen, bevor er sich wieder Sarah zuwandte. „Ich habe wirklich genug von dieser stinkenden, riesigen Stadt."

Die Ohrfeige traf Aaron überraschend genau in dem Moment, da Jimmy aus ihrem Blickfeld verschwunden war.

„Wie kannst du es wagen so etwas zu inszenieren?", fauchte Annabelle. „Gerade du! Du weißt, was er getan hat. Er hat mich hintergangen. Spielt das überhaupt keine Rolle für dich? Ist das eine Art Männersolidarität?"

Als sie wütend davonstürmen wollte, packte er sie hart am Oberarm. „Ich würde meine Frau niemals betrügen, falls das dein latenter Vorwurf sein sollte, Annabelle. Ich liebe Mary. Weit mehr als mein Leben. Ich solidarisiere mich mit niemandem. Aber so sehr ich auch an Sarahs Vorhaben gezweifelt habe, so sehr sehe ich mich genau in diesem Moment darin bestätigt, dass es richtig war."

„Jetzt?" Sie lachte schrill. „Du meinst jetzt, wo er fortgeht und ich hierbleibe?"

„Nein, das meine ich nicht!" Er blickte grimmig auf sie herab. „Du magst meine Schwester sein, aber ich sehe es einer Frau an, wenn sie gerade Sex hatte. Ich kann es riechen, Anni."

Annabelle konnte nicht verhindern, dass ihr die Röte in die Wangen stieg, doch das hielt ihren Bruder nicht auf.

„Es mag Menschen geben, die Sex und Liebe problemlos trennen können. Du bist meine Schwester und ich weiß, dass du es genauso wenig kannst wie ich! Du liebst ihn."

„Das tue ich nicht!", rief sie.

„Lügnerin!", rief Aaron genauso laut.

„Und selbst wenn es so wäre. Er hat mich belogen. Er war mit einer anderen zusammen, während er mir schöne Augen gemacht hat. Während er mit mir geschlafen hat, war er mit einer anderen verlobt."

„Er hat einen Fehler gemacht."

„Das ist mehr als ein Fehler"

„Er hat teuer dafür bezahlt, Annabelle. Teurer, als du es dir vorstellen kannst!"

116

Sie stockte. „Wie meinst du das?"

„Hat er dir gesagt, dass er sie nicht geheiratet hat?"

„Ja."

„Und hat er dir auch gesagt, dass das gleichzeitig seinen Ruin bedeutet? Diese Furie hat ihn so sehr mit Prozessen überzogen, dass er alles verliert, was ihm gehört. Unter anderem auch das Haus, das er mit seinen eigenen Händen für seine Familie und sich gebaut hat, das Restaurant, das er seit Jahren führt. Einfach alles, das ihm außer dir noch etwas bedeutet hat. Sobald das Haus versteigert ist, sitzt er auf der Straße. Ihm ist nichts geblieben. *Nichts.* Und das nur, weil er die Frau nicht geheiratet hat, von der er wusste, dass er sie nie so lieben würde, wie er dich liebt. Hat er dir das auch erzählt?"

Annabelle schwieg betreten. Sie hatte ja keine Ahnung gehabt.

„Nein", brachte sie stockend hervor. „Das hat er nicht."

„Das dachte ich mir."

„Und wenn schon", erwiderte sie trotzig. „Das ändert nichts. Er hat mich hintergangen."

„Er kann es aber nicht rückgängig machen."

„Und ich kann ihm nicht mehr vertrauen."

„Falsch, Schwesterchen." Aaron fixierte sie mit einem Blick, mit dem er sie schon hatte einschüchtern können, als sie noch Kinder waren. „Du hast nicht den Mut, den er hat. Er hat alles aufgegeben, als er die Wahrheit begriffen hat. Und du? Du denkst immer nur an Gary; an den Mann, der noch immer so viel Macht über dich hat, dass du Jimmy keine Chance gibst. Weißt du was, Annabelle? Es ist nicht so, dass du ihm nicht vergeben kannst. Du bist verdammt nochmal zu feige dazu!"

Mit diesen Worten ließ er sie einfach stehen.

Epilog

Heiligabend

„Karen", Jimmy blickte vom Tresen auf, während er ihn polierte, wie er es immer tat, nachdem das Restaurant geschlossen hatte. „Warum bist du noch hier?"

Sie sah von ihrem Wischmobb auf. „Ich arbeite hier."

„Ich habe dich seit zwei Monaten nicht bezahlen können."

Mit einem Achselzucken wischte sie weiter. „Ich habe ein bisschen gespart. Das geht schon."

„Du weißt genau, dass ich pleite bin. Ich werde dich wahrscheinlich überhaupt nicht mehr bezahlen können."

Sie stellte den Mobb weg und blickte ihn fest an. „Ich lasse dich nicht hängen, Jimmy. Egal, was ist."

Er konnte nicht fassen, dass sie so zu ihm hielt. „Es ist Weihnachten. Lass wenigstens mich den Rest machen und geh nach Hause, wo deine Kinder auf dich warten."

„Aber nur, wenn du mir versprichst, dass du morgen früh wieder aufsperrst."

„Jeden Tag, bis sie mir den Laden unter dem Arsch wegverkaufen. Das verspreche ich dir."

Sie lächelte zufrieden, drückte ihm den Mobb in die Hand und zog Jimmy kurz an sich. „Frohe Weihnachten", sagte sie und griff nach ihrer dicken Daunenjacke.

„Frohe Weihnachten, Karen."

Als seine treue Kellnerin verschwunden war, ließ er die Schultern herabsinken und setzte sich auf einen der Barhocker. Sein Blick fiel auf den dicken braunen Umschlag von der Bank. Nachdem das Haus nun versteigert war, hatte man ihm mitgeteilt, dass der Erlös seine Schulden bis auf etwa 8.000 Dollar getilgt hatte. Vielleicht würde er sogar das Restaurant halten können, wenn er sich mit der Bank auf eine entsprechende Tilgung einigen konnte.

So gesehen war das also vielleicht eine gute Nachricht. Irgendwie.

Heiligabend oder nicht. Auch diesen Abend würde er wieder damit verbringen seine Habseligkeiten zusammenzupacken, um zum Stichtag am 01.01. ausgezogen zu sein. Er hatte für sich und Sarah vorübergehend eine kleine Wohnung gemietet. Alles andere als luxuriös, aber wenigstens hatten sie ein Dach über dem Kopf.

Nachdem er abgeschlossen hatte, schaufelte er den Schnee von seinem alten Chevi und stieg ein. Nur noch wenige Male würde er den Weg durch die Wälder hinauf zu seinem Haus fahren und er beschloss jedes einzelne Mal davon zu genießen. Auch wenn ihm das Haus und der Grund und Boden drum herum nicht mehr gehörten, so konnte ihm doch niemand die Erinnerungen nehmen an all das, was er dort erlebt hatte.

Sein Wagen hatte trotz Schneeketten alle Mühe sich auf den frisch eingeschneiten Straßen voranzukämpfen und als er endlich auf der Lichtung angekommen war, auf der sein ehemaliges Haus stand, war er ehrlich erleichtert. Zumal er nicht wusste, wo er das Geld für einen Abschleppdienst hätte nehmen sollen.

Jimmy stieg aus und klopfte sich die Stiefel ab, als er auf die Veranda trat. Noch passten seine Schlüssel, dachte er sich und ging auf die Tür zu.

Als er einen dicken, braunen Umschlag entdeckte, der im Brieffach steckte, zog er ihn heraus und wunderte sich, dass er weder frankiert war, noch einen ersichtlichen Absender hatte.

Er nahm ihn und riss ihn kurzerhand auf.

In einer dicken Plastikmappe war ein beurkundetes Schriftstück und darauf lag ein Brief. Jimmy hatte in jüngster Vergangenheit weiß Gott endlos viele Briefe bekommen, aber dieser hier ... war handgeschrieben.

Lieber Jimmy,

was du in diesem Umschlag findest, ist die Grundbucheintragung deines Hauses. Wie du sehen kannst, gehört es wieder deiner Familie; Sarah, genauer gesagt, denn ich weiß, dass du zu stolz wärst es anzunehmen und versuchen würdest, es mir zurückzugeben.

Sarah wird das nicht tun. Sie ist clever. Cleverer jedenfalls, als ich. Das habe ich in den Wochen, die vergangen sind, seit wir uns das letzte Mal gesehen haben, begriffen. Und weißt du, was sie noch ist? Sie ist mutig und packt die Dinge an, die sie für richtig hält. Auch dazu war ich nicht in der Lage; kein einziges Mal wenn ich dir gegenüberstand, konnte ich das tun, was ich eigentlich tun wollte: dich festhalten und nie wieder loslassen.

Ich weiß nicht, ob es dazu nun zu spät ist, aber unabhängig davon ist dies mein Geschenk an dich. Auch wenn du mich nicht mehr möchtest, mich nie mehr sehen willst, so kann ich mich doch an dich erinnern und weiß, dass du in dem Haus lebst, das du für deine Familie gebaut hast.

Ich wünsche dir Glück, Jimmy, und vor allem Liebe. Beides findet man oft an Stellen, an denen man es nie vermutet hätte.

Manchmal braucht man sich buchstäblich nur umzudrehen und wenn es überhaupt etwas gibt, das ich in meinem Leben bereue, dann das, dass ich dazu nie den Mut gefunden habe.

Alles Liebe,
Deine Annabelle

Er blinzelte ungläubig, las den Brief noch einmal.

Und noch einmal.

Und noch ein drittes Mal.

Ein Schlag mit dem Baseballschläger hätte seine Gehirnwindungen wohl nicht wirkungsvoller durcheinanderschütteln können als Annabelles Zeilen. Und was war das mit seinem Haus? Fahrig blätterte er durch die beigefügte Unterlage und entdeckte auf der letzten Seite Annabelles Namen und darunter stand frisch gedruckt der von Sarah.

Sie hatte ihr ein Haus geschenkt? Einfach so? … das ging doch nicht!

Ging so etwas denn?

Er nahm sich noch einmal den Brief vor und las ihn. Dann blätterte er durch die Urkunde. Das Datum war von heute. Der Notar … war der einzige Rechtsanwalt am Ort.

Das heißt, sie musste hier gewesen sein. Natürlich. Wie sonst hätte Sarah das unterschreiben können?

Er packte den Umschlag und lief zum Wagen, sprang hinein und schoss über den seifigen Schnee rückwärts von der Lichtung. Annabelle war im Dorf und er musste sie verdammt nochmal erwischen.

Er riss die Tür der Wohnung auf, in der er und Sarah derzeit hausten, und blickte in ihr überraschtes Gesicht. Doch einen Sekundenbruchteil später lächelte sie breit.

„Du warst oben am Haus, nehme ich an. Oder sollte sich sagen: oben an *meinem* Haus?"

„Du gibst es ihr zurück!"

Sarah lachte und zeigte ihm den Vogel. „Es reicht ja wohl, wenn es einen Idioten in der Familie gibt."

„Wo ist Annabelle?"

„Keine Ahnung. Ich habe ihr gesagt, ihr sollt euch treffen. Aber sie hat mir das Versprechen abgenommen, dass ich dir nicht verrate, dass sie hier ist." Sie gab ein Achselzucken von sich. „Das war gar nicht so leicht."

„Sie hat mir einen Brief geschrieben."

„Tatsache?" Sarahs Augen strahlten. „Was steht drin?"

„Ich muss sie unbedingt finden."

„Da sie im Hotel gewohnt hat, wird sie – wenn sie noch nicht ausgecheckt hat – wohl noch dort sein."

Darauf hätte er auch selbst kommen können. Jimmy fuhr herum und lief das Treppenhaus hinunter, stürmte aus dem Haus und sprang auf die Straße. Eine Eisplatte kostete ihn beinah das Gleichgewicht, doch er ließ sich nicht aufhalten und lief Richtung Hotel davon.

„Hau ab, Sarah!", rief er, als er bemerkte, dass sie ihm folgte.

„Spinnst du?", kam es keuchend von hinten. „Das lasse ich mir doch nicht entgehen!"

Da das Touristendorf aufgebaut war, wie eine alte Westernstadt, kam das Hotel schnell in Sicht. Jimmy zog noch einmal das Tempo an und raste die Stufen hinauf durch die Tür und stand atemlos und voller Schnee in der Lobby.

Vor ihm erstarrte Annabelle mit einem Trolley und einem mehr als ungläubigen Gesichtsausdruck. Sie war offenbar gerade dabei auszuchecken.

„Annabelle", brachte er schwer atmend hervor, hielt sich kurz die Brust, weil er so schnell gelaufen war, dass seine Lungen in Brand standen.

Hinter ihm kam keuchend Sarah ins Hotel.

„Von mir ... hat er es nicht!", japste sie und ließ sich auf den erstbesten Stuhl fallen, der herumstand.

„Jimmy?" Annabelle blickte etwas peinlich berührt um sich.

Mehrere Leute waren in der kleinen Lobby und dank Jimmys stürmischen Auftritts waren ihre Gespräche verstummt und alle Blicke lagen wenig unauffällig auf ihm. Und auf ihr.

Er kam auf sie zu, stellte sich so dicht vor sie, dass sie den Kopf in den Nacken lagen musste, um ihm ins Gesicht zu blicken.

„Zwei Dinge", sagte er seine Atemzüge mühsam kontrollierend und hob zwei Finger hoch. „Erstens: du nimmst das Haus zurück!"

Sie lachte kurz. „Vergiss es!"

„Ich sage: *nimm es zurück*!"

„Und ich sage: *Vergiss! Es!*" Offenbar nicht gewillt sich auf eine Diskussion einzulassen, verschränkte sie die Arme vor der Brust und sammelte sich. „So viel dazu. Und was ist der zweite Punkt?"

Als er plötzlich vor ihr auf die Knie sank, sprang sie entsetzt zurück. Um den Abstand zwischen ihnen wieder zu verkleinern, erhob er sich nochmals, trat auf sie zu und ging wiederum vor ihr auf die Knie.

„Dass ich sportlich genug bin, das beliebig oft zu machen, ist dir klar."

Die umstehenden Hotelgäste und –angestellten beließen es nicht mehr beim Starren, sie waren mittlerweile dabei lautstark zu tuscheln.

„Jimmy, bitte", zischte Annabelle, machte noch einen Schritt zurück und konnte nicht verhindern, dass sie rot wurde. „Das ist mir peinlich."

„Ja, mir auch", erklärte Jimmy und wiederholte sein Vorgehen, sank wieder auf die Knie. „Vor allem, wenn du wegspringst, als würde dir eine Horde Taranteln über die Schuhspitzen laufen."

„Jimmy, was soll das denn?", fragte sie beinah verzweifelt.

„Du wolltest doch wissen, was der zweite Punkt ist, den ich ansprechen wollte." Als er aufsah, lag eine Art nackter

Panik in ihrem Blick.

„Aber muss es denn hier sein?"

„Es muss vor allem *jetzt* sein. Und da wir jetzt gerade hier sind …" Mit einem Achselzucken hakte er das Thema ab und versuchte sich für das zu sammeln, was er ihr zu sagen hatte. „Annabelle", begann er und atmete noch einmal tief durch, „an dem ersten Tag, als ich dich gesehen habe, als ich ahnungslos in Spocks Haus gestürmt bin, um für ihn das Hochzeitsessen zu planen, und du einfach so vor mir standst, da wusste ich sofort, dass du jemand ganz Besonderes bist. Aber ich hatte keine Ahnung, und nicht einmal eine wage Vorstellung davon, wie restlos und vollständig, wie unbeugsam sich dein Bild, deine Stimme und vor allem dein Wesen in meine Seele eingebrannt hatten; so tief, dass dieses Mal unauslöschlich war. Ich habe viele Fehler gemacht. Und keiner davon lässt sich mehr rückgängig machen. Aber ein paar davon, wenigstens einer, lässt sich korrigieren." Er griff nach ihrer Hand und küsste ihre Finger bevor er weitersprach. „Damals, das sagte ich dir, hätte ich dich festhalten und nie mehr gehen lassen sollen. Ich hätte dir all die Dinge sagen sollen, die ich empfand, als ich die Möglichkeit dazu hatte. Aber diese Möglichkeit, und das ist das große Geschenk in meinem Leben, diese Möglichkeit habe ich noch einmal. Hier und jetzt. Ich bitte dich: bleib. Ich bitte dich: geh nie wieder fort. Ich liebe und ich brauche dich und es wird nichts auf der Welt geben, das ich nicht für dich tun werde. Bei allen Göttern verspreche ich dir, dass ich dich nie mehr enttäuschen werde und dass dir alles gehört, was ich bin … und was mich ausmacht. Ich gehöre dir", sagte er leise und blickte in ihre braunen Augen auf, die glasig wurden, „und ich glaube nicht, dass es schon einen Moment in meinem Leben gegeben hat, wo ich nicht dir gehört habe. Ich habe es eben erst begriffen, als wir uns getroffen haben."

Nun weinte sie tatsächlich. Indem sie ein Kopfschütteln andeutete, zog sie die Nase hoch.

„Du willst mich heiraten?"

„Ja. Ich denke, das ist es, was ich damit sagen wollte."

„Aber ich habe dich einen miesen Scheißkerl genannt."

„Ja, das stimmt."

„Und ich habe dir ins Gesicht getreten."

„Auch das."

„Und ich habe dir gesagt, dass ich dir nie wieder vertrauen könnte."

Er wurde ernst. „Das hast du gesagt, das stimmt."

Als sie plötzlich selbst vor ihm auf die Knie ging, und ihr teures Tweedkostüm in der ihn umgebenden Schneepfütze ruinierte, blieb ihm beinah das Herz stehen.

„Ich will es aber", hauchte sie. „Ich will bei dir bleiben und ich will dir vertrauen." Sie umfasste sein Gesicht mit beiden Händen, während ihr eine Träne aus dem Augenwinkel rann. „Ich liebe dich." Sie lächelte schluchzend. „Ich kann einfach nicht anders."

Sein Herz klopfte zum Zerspringen. „Also ist das ein *Ja*?"

„Ja." Sie nickte weinend. „Ja, das ist ein *Ja*."

„Oh, Gott sei Dank." Er konnte es kaum fassen und zog sie schnell in ihre Arme, dann küsste er sie sanft, und umarmte sie wieder.

Die Menge um sie herum applaudierte lautstark und Jimmy hielt Annabelle einfach in seinen Armen. Er spürte ein Zittern und konnte nicht sagen, von wem von ihnen beiden es ausging.

Dann löste er sich von ihr. „Wenn das so weitergeht, fange ich selbst gleich an zu heulen."

Sie lachte und ließ sich von ihm auf die Beine helfen. Als sie sich zu Sarah umdrehten, schnäuzte sie sich gerade.

„Das ist ja so romantisch", erklärte sie weinerlich. „Einfach toll."

Sie griff in ihre Tasche und förderte ihr Handy zutage.

Jimmy blickte sie grimmig an. „Ich mache Annabelle einen Antrag und du telefonierst? Das ist ja wohl ziemlich daneben."

Sarah grinste plötzlich und sagte ins Telefon. „Du kannst jetzt reinkommen."

Jimmy und Annabelle wechselten einen fragenden Blick.

Plötzlich ging die Hoteltür auf und ein großer, dunkelhaariger Mann in einem sündhaft teuren Wollmantel kam herein. Er trug ein breites Grinsen, stellte sich neben Sarah und hielt ihr die Hand hin.

„Schlag ein", sagte er und sie tat es grinsend.

„*Aaron?*", fragte Annabelle fassungslos. „Was machst du denn hier?"

„Oh, ihr Ungläubigen", erklärte er theatralisch und wechselte mit Sarah einen verschwörerischen Blick.

„Glaubst du denn wirklich, dass uns nicht mehr eingefallen ist, als euch in dieser Halle zusammen einzusperren?"

Sie blinzelte fassungslos und ließ sich von Jimmy, der sie fest im Arm hielt ein Taschentuch reichen. „Du willst mir weismachen, es gehörte zu eurem Plan, dass ich Jimmys Haus kaufe, es Sarah schenke und bei der Gelegenheit mit ihm hier zusammentreffe? Hast du seinen Heiratsantrag auch geplant?", fragte sie ironisch.

„Nun", hob er an und legte Sarah einen Arm um die Schulter, die aus dem Grinsen gar nicht mehr herauskam. „Dies alles sind natürlich Dinge, die wir so nicht planen konnten, aber als eure Geschwister kennen wir euch sehr gut."

„In- und auswendig", ergänzte Sarah.

„Wir wussten, dass ihr euch liebt; dass ihr euch infolge dessen mit niemand anderem einlasst und euch auch nicht vergessen könnt. Wir haben euch die richtigen Gedanken ins Gehirn gepflanzt, um den ungefähren Ablauf zu erwirken, der sich nun zugetragen hat."

„Wie in *Inseption*", erklärte Sarah stolz.

Aaron zeigte auf Jimmys Gesicht. „Solltest du meine kleine Schwester aber einmal verletzen -"

„Das wird er nicht", ging Sarah dazwischen und sah ihren Bruder an. „Nicht wahr, Jimmy?"

Total perplex blickte er auf Annabelle herab, während die ersten Hotelgäste registrierten, wer hier in der Lobby stand, und anfingen Handyvideos von Aaron zu drehen.

„Das werde ich nicht", sagte Jimmy leise zu Annabelle. „Ich schwöre es dir. Ich werde versuchen dich glücklich zu machen, so lange ich lebe."

„Ich weiß." Sie zog ihn lächelnd an sich und küsste ihn tief, sog das berauschende Gefühl in sich auf, dass der Mann, den sie so sehr liebte, nun auf ewig an ihrer Seite bleiben würde.

Derweilen grinsten sich Sarah und Aaron nochmals an und sagten im Chor: „Ich liebe es, wenn ein Plan funktioniert."

Ende

Meine lieben Leserinnen und Leser,

ich hoffe, dass euch die Geschichte rund um Jimmy und Annabelle Freude bereitet hat.

Und ich möchte mich gleichzeitig ganz herzlich für eure Unterstützung und Begeisterung, für die vielen Mails, Nachrichten, Rezensionen und Kommentare bedanken, die mich seit über einem Jahr so glücklich machen. Sie sind so oft der größte und wundervollste Ansporn um weiterzuschreiben!

Ich hoffe sehr, dass ich mich weiterhin mit vielen amüsanten, mitreißenden Lesestunden bei euch werde bedanken können.

Wir immer freue ich mich über eure Nachrichten, Mails und Rezensionen und wenn es Fragen oder Kritik gibt, wendet euch jederzeit an mich.

Hier bin ich zu erreichen:

Email: Lara.steel.mail@gmail.com

Facebook:
https://www.facebook.com/pages/Lara-Steel/350798415049851?fref=ts

Twitter:
@Lara__Steel

Eure Lara Steel

Impressum:

Der Autor ist unter der folgenden Adresse zu erreichen. Es handelt sich bei der Adresse um einen postalischen Weiterleitungsservice der Firma Ideekarree, da der Autor seine private Adresse nicht bekannt geben möchte. Die Firma Ideekarree trägt Sorge für die fristgerechte Weiterleitung der Post an den Autor, sofern diese an folgende Adresse gesendet wurde:

Lara Steel
c/o **IDEEKARREE Medien Leipzig**
Herr Alexander Pohl
Alfred-Kästner-Straße 76
04275 Leipzig
- **PAKETE WERDEN GRUNDSÄTZLICH NICHT ANGENOMMEN! -**

Auch erschienen von Lara Steel:

Lost Secrets

LARA STEEL

HEARTBEAT

Lara Steel

CPSIA information can be obtained
at www.ICGtesting.com
Printed in the USA
LVHW030021060721
691899LV00003B/632